Knaus

K

Josephine Hart

Sünde

Roman

Aus dem Englischen
von Sabine Roth

Albrecht Knaus

Die Originalausgabe erschien 1992 unter dem Titel
«Sin» bei Alfred Knopf, New York

Umwelthinweis:
Dieses Buch und der Schutzumschlag wurden auf chlorfrei gebleichtem Papier gedruckt. Die Einschrumpffolie (zum Schutz vor Verschmutzung) ist aus umweltfreundlicher und recyclingfähiger PE-Folie.

Der Albrecht Knaus Verlag
ist ein Unternehmen der Verlagsgruppe Bertelsmann

1. Auflage

Gesetzt aus: Korpus Bembo
Satz: Filmsatz Schröter GmbH, München
Schutzumschlag: Klaus Renner unter Verwendung
einer Illustration von Wiesław Rosocha, Warschau
Mohndruck, Gütersloh · Printed in Germany
ISBN 3-8135-0288-0

Prolog

Es gibt so viele Möglichkeiten, um seine Kindheit gebracht zu werden. Es zu gut zu haben ist eine davon. Dieses Wissen, ein Geschenk der Zeit, stellt sich nur langsam ein. Man sagt, ein Engel der Barmherzigkeit habe den Schleier gewoben, der die Zukunft vor uns verhüllt. Was aber macht uns blind für die Überraschungen der Vergangenheit? Weshalb sind uns die Augen verbunden, während wir uns suchend durch ihre Trümmerlandschaft bewegen, gefangen in dem feingewobenen Netz aus Motiv und Tat? Wir sind die Erfinder unseres eigenen Lebens, setzen uns selbst aus Teilen von anderen zusammen, benutzen Tote wie Lebende für unsere Geschichte. Wir erzählen Geschichten. Dies ist eine Geschichte – Bruchstücke eines Lebens. Mehrerer Leben. Vor allem meines Lebens. Und des ihren.

I

Wirklich gekannt habe ich sie nie.
Am nächsten kam ich ihr durch ihren Mann – den Mann, mit dem ich jetzt zusammenlebe. Und durch ihren Sohn, der Stephen hieß.

Und durch die Lüge.

Einige Menschen gab es, nicht viele, deren Welt ich wie selbstverständlich betrat in meinem Verlangen, mehr über sie zu erfahren. Und es gab andere, Nebenfiguren, in deren Leben ich wartend am Rande stand, schweigend, unauffällig. Immer in der Hoffnung, irgendein flüchtiges Bild einzufangen, das mir den Weg zu ihr weisen würde. Wenn ich sie einmal aus den Augen verlor, glitt ich hinab in die dunklen Wasser meines eigenen Lebens, um aus der Tiefe nach dem schwachen weißen Schimmer ihrer Seele zu spähen. Und wenn sie sich vor mir versteckte, spürte ich sie auf, denn ich wußte, sie verbarg sich nur, um später im Vorteil zu sein. Aber am Ende würde ich sie dennoch vernichten.

Obwohl sie mir unaussprechliches Leid zufügte, verletzte auch ich sie bis ins Mark. Sie zu töten war mir nicht bestimmt, aber ich setzte alles daran, sie zu brechen. Vorsichtig tastete ich nach jenem einen Punkt, an dem schon der leiseste Druck ausreichen würde, um das Glas zerspringen zu lassen. Auf daß ihr Innerstes mir gehören würde.

Manchmal ist es eine willkürlich getroffene Entscheidung, die uns durch Zufall in höchstes Glück oder tiefste Verzweiflung stürzt. Aber es war nicht ein solcher Zufall, der sie in mein Leben brachte. Das Schicksal selbst wollte es, daß sie bereits auf mich wartete. In meinem eigenen Elternhaus. Sie war das erste Kind meiner Mutter. Wenngleich nicht ihr erstgeborenes. Ein schreckliches Unrecht an mir.

Ihr Name war Elizabeth Ashbridge. Und sogar darum beneidete ich sie.

2

Da ist etwas in meinem Zimmer. Etwas Schwarzes. Mama. Etwas Schwarzes ist in meinem Zimmer. Schwarz und mit Flügeln. Mama. Mama. Wo bist du, Mama? O bitte, Mama, komm doch. Bitte. Bitte. Sonst fliegt es mir ins Gesicht.»

Ich stolpere zur Tür. Ich kann den Lichtschalter nicht erreichen. Ich bin zu klein.

«Mama, ich kann nicht . . . Mama.»

Den engen, dunklen Flur entlang.

«Mama. Es kommt hinter mir her. Mama. Wo bist du, Mama?»

Ich muß schon fast an der Hintertreppe sein. Ich recke die Arme empor, aber immer noch kann ich das Licht nicht erreichen. Langsam, die Hände um das Geländer gekrampft, taste ich mich von einer Stange zur anderen. Stufe für Stufe steige ich hinab in noch mehr Finsternis.

Der Küchenflur ist so schmal. Wenn ich die Arme ausstrecke, kann ich die Wände berühren. Nässe im

Gesicht ... ein Brennen an den Schenkeln ... Tropfen der Angst und Scham.

Ich taumle weiter.

«Mama. Mama!» rufe ich zum rettenden Licht hin.

«Mama.»

Ihre Stimme treibt mir entgegen. Ich höre sie leise zu den Klängen des Radios singen. Endlich stoße ich die Tür auf. Aus der Finsternis hinein in das Licht.

Sie drehen sich zu mir um. Sie sind in Licht getaucht. Eine vollendete Dreifaltigkeit. Meine Mutter, die Bürste in der Hand, sitzt auf einem Stuhl hinter Elizabeth, die am Boden kniet. Das goldene Haar strömt ihr offen den Rücken hinunter. Ein Heiligenschein. Elizabeth gegenüber beugt sich mein Vater, auf den Knien fast, mit ausgestreckten Armen vor und reicht ihr den Kakao.

Glück. Vollkommenes, vollständiges Glück. Und ich stehe außerhalb des Kreises. Meine Mutter eilt auf mich zu. Sie zieht mich in ihre Arme, während Elizabeth ruft: «Ruth, arme Ruth. Du weinst ja.»

Mein Vater richtet sich auf und flüstert: «Ruth, mein Liebling, was ist denn? Mein Gott, du mußt ja im Dunkeln die Hintertreppe heruntergekommen sein, ganz allein. Du armes Kind.»

Und sie küssen mich. Sie streicheln mich. Sie halten mich. Und versuchen, mich zu beruhigen.

Ich bekomme Elizabeths Kakao. Und Elizabeth küßt mich. Auf die Beine.

«Arme, arme Ruth», flüstert sie.

Ich breche wieder in Tränen aus. Tränen des Hasses

tropfen auf Elizabeths Kopf, in ihr goldenes Haar. Dann hebt sie das Gesicht zu mir auf. Ich beuge mich hinab und drücke mein Gesicht gegen ihres. Und eine Träne fällt ihr in den Mund.

Brennt das, Elizabeth? Brennt das?

Ich werde ins Bett zurückgebracht. Durch die Eingangshalle diesmal, die für mich hell erleuchtet ist. Meine Mutter murmelt Koselaute, während mein Vater mich in mein Zimmer trägt. Sie suchen – so sorgfältig, so gründlich –, aber nirgends läßt sich etwas Flatterndes entdecken. Nur ein Mobile, das sich halb von einem Haken gelöst hat. Mein Vater sitzt neben mir und streicht mir übers Haar, meine Mutter singt ein Schlummerlied. Und ich gleite in den Schlaf hinüber.

Ein Bild ist eingebrannt in meine Erinnerung, eine Vision von himmlischem Glück. Im Finstern stehend, starre ich auf das Licht. Das Licht, das niemanden hätte umspülen sollen als mich allein.

3

Heute glaube ich, daß ich zu früh mit dem Guten konfrontiert wurde, und daß ich diese Erfahrung nie verkraftet habe.

Wie gelähmt von Elizabeths Sanftmut, konnte ich kaum atmen in der dünnen Höhenluft, die sie umgab. Meine eigenen zarten Triebe zur Tugendhaftigkeit starben durch die zersetzende Kraft ihrer Großmut früh ab.

Ich hatte immer das Gefühl, als etwas Düsteres in Elizabeths Reich eingedrungen zu sein. Denn es war *ihr* Reich, *ihr* geschenkt aus Liebe und Mitleid.

Sie war mit nur neun Monaten Waise geworden, das Kind von Astrid, der Schwester meiner Mutter, und Oliver Ashbridge, verliebten jungen Eheleuten, die bei einem Autounfall ums Leben gekommen waren. Elizabeth wurde nach Lexington gebracht. Die alten Mauern schlossen sich um sie wie ein steinerner Schrein, der berühmte Park und See verliehen ihrem so ungebundenen Dasein eine strenge, formale Schönheit. Und so lebte sie in Lexington, geliebt und umhegt, als Tochter meiner Eltern. Vor mir.

Dabei war ich die einzige Tochter. Um dieses Recht hatten mich meine Eltern betrogen.

Niemanden traf eine Schuld. Sie hatten richtig gehandelt. Sie hatten Elizabeth ein Zuhause gegeben. Mein Zuhause. Und mir den Schmerz um etwas Unwiederbringliches gelassen, um etwas für immer Verlorenes.

Für ewig würde ich fälschlicherweise an zweiter Stelle stehen. Und nicht nur das: Ich war auch nur noch die Hälfte eines Paares. Allein verlor ich an Wert.

Meine Eltern waren blind gegenüber der Wirkung, die ihre fürsorgliche, gleichmäßig verteilte Liebe auf mich hatte. Aber meinem geistigen Auge prägten sich Bilder ein, Bilder, die ich hassen lernte: Meine Mutter, wie sie behutsam Elizabeths langes blondes Haar kämmte, was mehr Zeit in Anspruch nahm als das kräftige Bürsten meiner kurzen dunklen Locken. Es ist doch ganz leicht, Mama, wollte ich rufen. Schneid ihr das Haar ab! Wirf es weg! Verbrenn es! Aber ich sagte nichts. Denn damals erlernte ich die Geduld. Ausdauernde, gut kaschierte Geduld.

Mein Vater, wieder auf den Knien vor Elizabeth, die am Tag ihrer Abreise ins Internat schluchzend auf dem Bett saß. Er tätschelte ihr tröstend die Hand. «O mein Mädchen», flüsterte er. «Mein Sonnenschein.»

Hör auf damit, schrie mein Herz. Hör auf! Vor mir hast du nie gekniet, Papa, vor mir hast du nie gekniet! Sie ist nicht dein Kind, Papa, sie ist nicht dein Kind!

Sie hörten nicht auf.

Noch heute sehe ich den traurigen Blick, mit dem sie mich anschauten in jener ersten Woche ohne Elizabeth, als ich kleine Dinge nachahmte, die ich an ihr beobachtet hatte, Dinge, für die sie gelobt worden war. Und ich höre sie seufzen: «Ach ja, dir fehlt sie auch, Ruth. Ich weiß, mein Liebes, ich weiß.»

Ich sehe meine Mutter vor mir, wie sie im Zimmer der Direktorin saß und diese beschwor, uns beide im selben Haus unterzubringen – eine Regelung, die die Schule normalerweise nicht guthieß. «Es ist sehr wichtig, daß sie nicht auseinandergerissen werden. Damit sich Ruth nicht so einsam fühlt. Sie hängt so sehr an Elizabeth.»

Von klein auf dazu ermuntert, Elizabeths Sanftheit nachzueifern – mir ein Beispiel an ihrer Freundlichkeit und an ihrer Großzügigkeit zu nehmen –, folgte ich über die Jahre in kaltem Neid dem Pfad, den sie mir vorgezeichnet hat. Und wie Satan vor dem Höllensturz fühlte ich immer verzehrender den Haß auf das Gute in mir und die Angst vor seiner Macht.

Aber während meiner Kindheit fehlte mir der Mut zur Auflehnung. Also zog ich mich zurück. Um Wege zu finden, heimlich anders zu sein. Um Wege zu finden, Elizabeths Glanz zu schmälern.

Manchmal eignete ich mir, den Weisungen gemäß, ihr Verhalten an. Dann ... ihre Sachen. Und versteckte sie. Kindersachen, später als kindisch abgetan. Ihre Tasse mit den roten Häschen. Ihre Lieblingspuppe. Den Stoffhund mit dem gelben Maul. Bänder.

Ich lächelte, wenn ich sie danach suchen sah. Sie einmal sogar weinen sah. Um die Puppe.

Ich gebrauchte ihr Lächeln. Manchmal. Es stand mir nicht.

Später, als wir im Internat unmerklich in ein erstes Erwachsensein hinüberglitten, legte ich eine Sammlung anderer – wenn auch nach wie vor bescheidener – Art an. Unterwäsche. Haarschleifen. Nylonstrümpfe. Unbedeutende Artikel. Ich benutzte sie selten, und immer nur heimlich.

In jenen hitzigen Entdeckungsjahren streckte ich dann zuweilen mit einem Seufzer die Hand aus, um mich zu berühren. Und oft dämmte ich die Flammen ein, sparte mir die Feuersbrunst für später auf.

So begann es also, ganz harmlos. Vielleicht ist das immer so. Unbedeutende Diebstähle. Kleine Gemeinheiten. Winzige Bosheiten.

Aber was wäre gewesen, wenn ich vor Elizabeth gekommen wäre? Wenn ich als erste geboren worden wäre? Wäre sie dann wohl . . . geworden wie ich? Was wäre gewesen, wenn Seth, der dritte Sohn nach Kain und Abel, der Erstgeborene gewesen wäre? Wenn der Herr Kains Opfer gnädig angesehen hätte? Hätte Kain dann je die Bestie geweckt, die in ihm schlummerte?

Ich wählte mir meine Rolle. Ich hatte, wohlgemerkt, keine hochfliegenden Pläne. Denn ehrgeizig war ich nicht. Ich kam ohne den Beifall der Öffentlichkeit aus. Ich genügte mir selbst. Ich glaube, es gibt viele, die so sind wie ich.

4

Ich war nie promiskuitiv. Bei der Wahl meiner Liebhaber ging ich mit Intelligenz und, das glaube ich sagen zu können, einiger Originalität zu Werke. Obgleich meine Opfer Figuren auf einem von mir entworfenen Spielbrett waren, so entbehrten selbst meine willkürlichen und überfallartigen Attacken nicht einer gewissen künstlerischen Note.

Ich bin schön. Das ist die einfache Feststellung einer Tatsache. Einer Tatsache, die Macht bedeutet. Ich habe dunkles Haar und blasse, nahezu porenlose Haut. Meine tiefliegenden braunen Augen stehen ein wenig schräg. Meine Augenbrauen – und das ist etwas, das allseits Beachtung findet – sind nicht einfach gewölbt, sie schwingen sich vielmehr wie ein Flügelpaar über meine Stirn. Die Nase ist lang, schmal und gerade, der Mund kräftig, und selbst ohne Lippenstift sind meine Lippen rot. Diese intensive Färbung verleiht der Regelmäßigkeit der Züge einen Hauch von Exotik. «Sie ist eine richtige Di Malta», bemerkte meine Mutter oft unter Anspielung auf die italienische Mutter meines Vaters. Ich bin größer als der Durchschnitt, ein Stückchen kleiner nur als Elizabeth. Im Gegensatz zu ihr habe ich jedoch eine üppige Figur.

Körperlich war ich daher bestens gerüstet für den Kampf. Aber was bei meinen Triumphen am meisten ins Gewicht fallen sollte, war ein fast schon an Genialität grenzendes, tiefwurzelndes Wissen um den Rhythmus, um den hämmernden Grundschlag des Verlangens.

Naturgemäß verfügte ich als junge Frau über eine etwas anders geartete Sammlung von Sachen aus Elizabeths Besitz. Eine richtige kleine Kollektion. Unterwäsche, die jetzt aus Seide war. Haarschmuck, darunter zwei goldene Spangen. Lippenstift. Schuhe, hochhackig und schwarz. Ein paar andere unbedeutende Artikel. Ich trug sie nach wie vor sehr selten, und immer noch nur heimlich.

Nach dem Englischstudium in Oxford trat ich als Lektoratsassistentin in einen kleinen Verlag ein. Ich stieg zügig auf, wobei ich ebenso sorgfältig auf die Verschleierung meines Reichtums wie auf einen strategisch-sparsamen Einsatz meiner Schönheit achtete.

Wie alle wirklich schönen Frauen kleidete ich mich betont schlicht. Ich war mir darüber im klaren, daß eine dramatische Betonung meiner ohnehin exotischen Farbgebung oder eine Kleiderwahl, die die üppigen Rundungen meines Körpers noch unterstrich, nur Vulgarität herausgefordert hätte. Eine solche Taktik hätte zudem den Überraschungseffekt abgeschwächt und ein diskretes Agieren im verborgenen, das so unabdingbar ist für ein erfolgreiches Umgarnen des Opfers, unmöglich gemacht.

Ich besaß eine kleine Auswahl an schlichten, eleganten Kleidern: in der Regel Marineblau und Weiß für den Sommer sowie sanftes Creme – eine Farbe, für die ich eine entschiedene Vorliebe habe – und Schwarz für den Winter, hier und da aufgelockert durch eine Spur Rot. Meine Accessoires waren außerordentlich teuer und stets in untadeligem Zustand. Aber ihr klassisches Design und die eher zurückhaltenden Farbkombinationen lenkten von der Tatsache ab, daß allein meine Handtaschen beispielsweise mehr als ein ganzes Monatsgehalt kosten konnten.

Diese spezielle Art der Aufmachung, das wußte ich aus Erfahrung, schonte die Gefühle meiner Arbeitskolleginnen. Und die Männer, die ich in meinem Beruf kennenlernte, mußten feststellen, daß ihre Annäherungsversuche derart vage Reaktionen hervorriefen, daß sie – zunächst angezogen von dieser mich umgebenden Aura des Geheimnisvollen – schließlich von ihren Bemühungen abließen. Verdutzt, aber ohne sich in ihrer Eitelkeit gekränkt zu fühlen.

Ohne daß meine Kollegen etwas davon ahnten – und die Idee selbst war noch alles andere als ausgereift –, spielte ich mit dem Gedanken, im Zeitungsimperium meines Vaters einen kleinen Buchverlag aufzubauen. Für mich gab es viel zu lernen.

Unter der Woche, wenn ich in London war, bewohnte ich ein elegantes Apartment in einer Sackgasse hinter Harrod's. Ein diskretes Arrangement; während es wenig Zweifel daran ließ, daß ich nicht ausschließlich von meinem Gehalt lebte, hängte es meine finanzielle Lage doch nicht an die große Glocke. Von hier aus ging ich einem Privatleben nach, das dank sorgsamer Manipulation völlig parallel zu dem von Elizabeth verlief. Ich glaubte, alles im Griff zu haben.

Elizabeth war apart. Keine Schönheit. Die so vielversprechende goldhaarige Lieblichkeit jener frühen Kinderjahre war zu einer matten Hübschheit verblaßt, der sie in keiner Weise nachzuhelfen gedachte. Einzig ihr Wuchs, die von ihrem Vater Oliver ererbte Körpergröße, machte sie zu einer eindrucksvollen Erscheinung. Sie war langgliedrig und schlank, und ihre breiten Schultern gaben ihr etwas leicht Maskulines, was durch die Strenge, mit der sie sich kleidete, noch betont wurde.

Während meine Garderobe mit peinlicher Sorgfalt für einen Zweck zusammengestellt war, den nur ich kannte, so schien die ihre das natürliche Ergebnis einer kompromißlosen Sauberkeitsliebe, einer Reinheit, die das Auge fast schon schmerzte. Tagsüber trug sie weiße Hemden aus Baumwolle oder Seide und dazu Jeans oder maßgeschneiderte Hosen, abends Samt- oder Seidenjacken über etwas zu langen seidenen Röcken, die sie sich wie einen Sarong um ihre Taille wickelte. Untertags war ihr Haar nach hinten gekämmt und in eine Spange gefaßt; am Abend steckte sie es zu einem schlichten Chignon auf. Dieser Stil erfuhr über die Jahre hinweg keinerlei Veränderung; die alten Zubehörteile wurden bei Bedarf durch neue ersetzt, die ihnen zum Verwechseln ähnlich sahen.

Nach dem Studium an der Kunstakademie, bei dem Elizabeth einen bescheidenen Erfolg verbuchen durfte, zog sie in eine riesige Atelierwohnung in Kensington, wo sie malte. Mit ihrer Leidenschaft für Wolken und Himmel war sie hoffnungslos unmodern und in meinen Augen gänzlich untalentiert.

Sie hatte nicht viele Freunde, und in der Regel waren es Maler. Allerdings pflegte sie von ihrer Schulzeit her eine recht enge Beziehung zu der Familie Baathus, einer internationalen Bankiersdynastie, mit der sie, so empfand ich es jedenfalls jahrelang, im Grunde gar nichts verband. Maria Baathus lud Elizabeth regelmäßig nach Paris und auch an die Loire ein, wo die Familie ein Schloß besaß. Elizabeth folgte diesen Einladungen mit beinahe kindlichem Entzücken und revanchierte sich ab und zu für die Gastfreundschaft, indem sie Maria Baathus nach Lexington einlud. Diese Besuche fanden großen Anklang bei Maria, die ganz vernarrt zu sein schien in Lexington und seinen berühmten See. Weil er so etwas «Mysteriöses» an sich hatte, wie sie einmal meinte.

Lexington ist – zumindest aus einer ganz bestimmten Perspektive – ein verstecktes, verschwiegenes Haus. Man erreicht es über eine Zufahrtsstraße, die sich durch einen Wald bergauf schlängelt. Dann – plötzlich – eine Lichtung, und in schockierender Abruptheit schiebt sich

Lexington mit seinen roten Mauern ins Bild, gebieterisch auf der Kuppe des Hügels. Durch baumbeschattete Weiten senkte sich eine langgestreckte, offene Parklandschaft sanft ab, auf den Wasserschimmer zu.

Lexington, das Haus und der See, die im Lauf der Zeit so viel von unserem Leben in sich aufgenommen haben, war von meinem Großvater auf dem ersten Höhepunkt seines spektakulären Geschäftserfolgs erworben worden. Er hatte einen kleinen Zeitungsverlag mit etablierten, wenn auch nicht sehr gewinnträchtigen Zeitschriften gekauft. Schon bald ließ er das Unternehmen aus seinem riesigen, altmodischen Verlagsgebäude in der Londoner Innenstadt ausziehen und brachte so den verborgenen Wert zum Tragen, den er von vornherein im Auge gehabt hatte: den Grundbesitz. Mit dem beträchtlichen Vermögen im Rücken, das ihm der Verkauf des Gebäudes eintrug, hatte er drei Jahre später sechs unrentable Zeitschriften aus dem Programm genommen, ein paar andere zu führenden Blättern gemacht und mit einigem Erfolg zwei weitere lanciert. Das Verlagsimperium «Alpha Publishing» war geschaffen. So benannt, weil meine Großmutter Alexa hieß und sie ihren beiden Töchtern die Namen Astrid und Aileen gegeben hatten. «Alles Alphas», hatte er immer gescherzt.

Nach dem Tod ihres Mannes hatte meine Großmutter – in ihrer Trauer oder vielleicht auch ihrer Freude – die grauen Mauern von Lexington rot tünchen lassen.

Mein Großvater und mein Vater kamen jedes Wochenende aus London heim, um in Lexington typischen

Männervergnügungen wie dem Fischen, Jagen und Kartenspiel nachzugehen. Die Wochenenden waren erfüllt von männlichen Gerüchen und fremdartigem dunklen Gelächter, das mich als Kind zutiefst fasziniert hatte. Selbst ihre Farbe, so war es mir erschienen, wechselten die Mauern am Wochenende; ihr Rot wirkte dann kühn und siegessicher. Unter der Woche, wenn Lexington den Frauen gehörte, war es mir immer blutrot vorgekommen, blutrot mit Klumpen von Schwarz dazwischen.

5

Schöne Männer haben mich nie interessiert. Das liegt nicht daran, daß ich sie für eitel halte oder der Meinung bin, daß sie, wie ihnen so oft unterstellt wird, zu keinen wahrhaft tiefen Gefühlen fähig sind. Nein. Ich weiß vielmehr, daß die Natur mit ihren Gaben gewissenhaft haushaltet und daß sie da, wo sie bereits Schönheit verliehen hat, mit ziemlicher Sicherheit keinen Grund zu weiterer Freigebigkeit sieht.

An einem Sommertag, als Elizabeth Ende Zwanzig war, erschien in Lexington der Grund für ihre in letzter Zeit häufigeren Besuche in Frankreich: Hubert Baathus.

Er schlenderte über den Rasen auf meinen Gartenstuhl zu, sein lächelndes Gesicht ein perfektes Modell jenes Zusammenspiels von Licht und Schatten, das einen Mann schön macht.

Ich gebe zu, es war nicht gerade sehr originell, mir vorzunehmen, Elizabeths Liebhaber zu verführen – ein Plan, der keine Hundertstelsekunde nach Huberts Eintreffen bereits feststand. Die Banalität meines Vorhabens konnte nichts, aber auch gar nichts an dem Schmerz ändern, den ich ihr damit zufügen würde.

Ich lächelte durch das Sonnenlicht zu ihm empor und streckte die Hand aus, um seine formvollendete Verneigung entgegenzunehmen. Und seinen Handkuß, der, da er ein Gentleman war, die eigentliche Berührung vermied.

«Elizabeth spricht mit solcher Bewunderung von Ihnen – ich kann Ihnen gar nicht sagen, welch ein Bedürfnis es mir war, Sie kennenzulernen.»

«Sie sind zu liebenswürdig.»

«Zu liebenswürdig? Kann man je zu liebenswürdig sein?»

Hier schaltete sich Helen ein, mein allzu gewitzter Wochenendgast: «Sie verstehen diese Wendung etwas zu wörtlich, Hubert. Hier in England sagen wir manchmal ‹Sie sind zu liebenswürdig› und meinen in Wirklichkeit etwas völlig anderes.»

Hubert sah mich leicht verwirrt an. «Ich bin sicher, daß ich Ruth nicht mißverstanden habe. Wie unbeholfen das klingt. Verzeihen Sie, mein Englisch ist so ... gespreizt.»

«Nein, Ihr Englisch ist sehr charmant», sagte ich.

«Ah, ja. Charmant. Immerhin weiß ich, was die Engländer meinen, wenn sie etwas ‹charmant› nennen. Diese Nuance verstehe ich.»

Er lachte. Elizabeth bedachte seinen kleinen Triumph mit einem sanften Lächeln.

«Hubert zieht vielleicht für drei oder vier Jahre nach London», sagte sie.

«Ach wirklich? Wieso denn das?» fragte ich.

«Unsere Bank hat eine Filiale in London eröffnet. Ich will eine Zeitlang hierbleiben und mich um alles kümmern, bevor ich nach Paris zurückkehre.»

«Glauben Sie, daß Sie sich in England wohl fühlen werden?»

«O ja. Da bin ich mir ganz sicher.» Er warf Elizabeth einen raschen, warmen Blick zu.

«Haben Sie schon einmal in London gelebt?» fragte ich.

«Gelebt noch nicht. Aber ich war schon oft zu Besuch. Ich liebe London. Vor allem seine Theater... die besten der Welt. Aber jetzt hört es sich so an, als würde ich Ihnen schmeicheln, nicht?»

«Wir haben es gern, wenn man uns schmeichelt.»

Helen lächelte ihn jetzt ebenfalls an, entwaffnet durch seinen Charme, der keinen Raum ließ für ihre Spitzfindigkeiten.

Elizabeth stand eindeutig in seinem Bann. Aber was fand er an ihr? Gelüstete es ihn am Ende nach ihrer Seele? Welch eine wirksame Waffe sie doch darstellt, wenn jemand sie mit jenem klaren Blick betrachtet, ohne den man ihr so wenig abgewinnen kann. Wie ernst war es den beiden mit dieser Beziehung? Elizabeth? Sehr ernst. Hubert?

«Ruth.»

Ich schrak auf und konzentrierte meine Aufmerksamkeit auf meine Mutter.

«Ruth, Liebes, du bist ja völlig in Gedanken versunken. Wir sollten jetzt langsam auf die Terrasse gehen. Das Mittagessen ist fertig.»

Ich beobachtete Elizabeth und Hubert auf ihrem Weg zum Haus. Er hatte den Arm um ihre Taille gelegt, und sie wandte ihm das Gesicht zu. Sie sah ihn an, als wolle sie ihm mit ihrem Blick leuchten. Selbst noch an einem Sommertag.

Ich folgte ihnen. Mein Schatten fiel über sie. Sie blieben stehen und drehten sich nach mir um. Ich nahm den Platz an Huberts anderer Seite ein.

«Ich hoffe, Sie werden am Wochenende recht oft zu uns nach Lexington kommen, wenn Sie erst einmal hier in England leben.»

«Hubert fängt schon nächsten Monat an», sagte Elizabeth.

«Haben Sie sich schon eine Wohnung oder ein Haus in London gekauft?»

«Nein. Unsere Firma hat eine Wohnung. In Mayfair. Ich werde dort wohnen, zumindest fürs erste.»

Wir waren vor dem Haus angelangt. Das Essen wurde auf der Terrasse serviert. Weißes Leinen – eine Manie meiner Mutter, deren Wäscheschrank in nahezu gletscherartiger Reinheit erstrahlte – floß vom rechteckigen Tisch bis auf die grauen Steinplatten der Terrasse hinunter. Ich beobachtete Hubert beim Essen. Sein Appetit war groß, aber er beherrschte sich. Eine interessante Spannung. Elizabeth lächelte selig, als er meinem Vater ein Kompliment bezüglich des Weines machte, dem er reichlich, aber nicht im Übermaß zusprach. Er geht bis hart an die Grenze, dachte ich. Aber keinen Schritt darüber hinaus.

Elizabeth aß wenig und trank so gut wie nichts. Elizabeth geht niemals bis an die Grenze. Ihre Bilder zum Beispiel haben nichts Gefährliches an sich, nichts Aufregendes. Als hätte er meine Gedanken gelesen, ergriff Hubert das Wort.

«Ich bewundere Elizabeths Malerei sehr. Sie hat sich der Schönheit verpflichtet und steht damit stark in der französischen Tradition. Wir feiern nicht . . . das Häßliche . . . einfach nur um des Schockeffekts willen. Verstehen Sie?» Das galt mir.

»O ja, natürlich.» Ich versuchte, diplomatisch zu klingen. «Aber ein gewisser Schockeffekt ist doch zu allen Zeiten ein Merkmal großer Kunst gewesen. N'est ce pas?»

«Stimmt, aber Elizabeth erhebt keinen Anspruch darauf, eine große Künstlerin zu sein, Ruth. Sie hat jedoch den Blick für das Wesentliche. Und eines Tages wird sie uns vielleicht alle überraschen. Ich habe da so ein Gefühl . . .»

«Hubert, bitte», unterbrach Elizabeth ihn und errötete. «Es ist eigentlich sehr einfach. Malen ist das einzige, was ich kann. Und selbst da hält sich mein Talent in Grenzen. Aber es macht mich sehr glücklich, und meine kleinen Erfolge geben mir den Mut, weiterzumachen mit meiner . . .»

«Bezauberung?» schlug Hubert vor.

«Nun», seufzte Helen. «Ihr zwei gebt ein bezauberndes Paar ab. Davon gibt es weiß Gott nicht allzu viele.»

«Ruth, wo ist denn Dominick?» fragte meine Mutter. Gelegentlich, wenn er mir nicht gerade einen Heiratsantrag machte, empfand ich Dominick als einen ganz brauchbaren Begleiter auf meinen Wochenendbesuchen in Lexington.

«In Amerika. Er hält ein paar Vorlesungen in Berkeley», erklärte ich.

Dominicks Fach, die Mathematik, verbot eine detailliertere Unterhaltung über seine Arbeit von selbst. In allen Erkundigungen danach schwang die unüberhörbare Angst mit, daß er sich am Ende wirklich zu einer Erklärung hinreißen lassen könnte. Daher las er moderne Romane, verschlang sie förmlich. Die meisten davon verabscheute er. «Dann kann ich wenigstens über irgend etwas reden», sagte er oft lachend.

Ja, er hatte durchaus einen gewissen Reiz. Aber bei mir war er an die Falsche geraten. Früher oder später würde ich seinen Abgang inszenieren müssen. Ich hoffte, daß er dabei nicht aus der Rolle fallen würde.

6

Ruth.»

«Elizabeth.»

«Ich habe das nicht verdient, Ruth.»

Ich erwiderte ihr Lächeln flüchtig.

«Ich habe ein solches Glück nicht verdient. Von der ersten Sekunde an ...»

«Ich bin mir ganz sicher, ihm geht es genauso. Wie Dante und Beatrice. ‹Ein einz'ger Blick nur – doch ihr Bild mir bis zum Tod das Herz erfüllt.›»

«Du findest immer die richtigen Worte, Ruth, immer. Das ist eine wundervolle Gabe.»

Und das Strahlen, das sie umgab – das Strahlen der Braut, eingefangen im hohen Oval des Spiegels –, schien reiner Märchenglanz. Unwirklich. Als wäre das Bild eine so machtvolle Destillation der Realität, daß zu guter Letzt nur das Bild übrigblieb. Ich glitt hinter sie. Das tiefe Rosé meines Kleides wurde ausgelöscht von dem elfenbeinfarbenen Faltenmeer, das Elizabeth umwogte.

Unvermittelt drehte sie sich um. Einen Moment lang sahen wir uns in die Augen. Die Braut und ihre Ehrenjungfer. Sie küßte mich. Ich rührte mich nicht. Was für eine Regung hätte ich verraten sollen? Und mit der Erinnerung an Elizabeths kühle Lippen auf meiner Wange folgte ich ihr aus ihrem Zimmer auf den Gang, wo meine Mutter wartete.

«O Elizabeth. Wie schön du bist.»

«Mutter.» Elizabeth umarmte sie.

Mutter. Gelogen. Und gleich darauf: *Vater*. Ebenfalls eine Lüge. Auch er huldigte der Braut. Und vorbei an diversen anderen Altardienern schritten wir durch Elizabeths verzaubertes Reich auf die Kirche zu, und auf Hubert.

Es ist wahrlich heilig, das Ritual der Eheschließung. Ich sah Hubert an. Seine Züge hatten eine Art klassischer Zeitlosigkeit, die dafür sorgen würde, daß sein Photo jedem Mädchen, das in ferner Zukunft in einer alten Truhe darauf stoßen mochte, einen kleinen Seufzer der Bewunderung entlocken würde: daß Männer so schön sein können. Aus dem Blick, mit dem er sich Elizabeth zuwandte, leuchteten Aufrichtigkeit und Liebe. Ich empfand keinen Schmerz dabei. Ihre Liebe zueinander sollte ... ich suchte nach einem Wort dafür ... tief und innig sein. Diese Innigkeit befriedigte mich. Ihre Vollkommenheit stellte eine Herausforderung dar. Warum etwas zu zerstören suchen, das bereits nicht mehr vollkommen ist? Der erste Sprung macht die Ming-Schale wertlos, die erste Lüge vernichtet die Wahrheit, der erste

Treuebruch sprengt den Ehebund. Danach ist alles nur noch Wiederholung. Ist die Vollkommenheit erst einmal befleckt, fällt es schwer, den Verlockungen der Lüge und der sinnlichen Begierde zu widerstehen. Denn dann ist das Opfer sinnlos.

Und so stand ich rosenfarben neben der Lilie und musterte ruhig die winzigen Dornen in meinem Strauß.

Ich ging hinter ihnen her, den Gang hinunter. Allein. Die dritte. Unauffällig. In Seide. Und hinter mir andere Brautjungfern in Rosa, die uns ins Freie folgten, in das matte Gold des Sommertages, dessen fast schon klebrige Schwüle sich um die kühle Reinheit des frischgetrauten Paares schloß.

Lexington schien im Rhythmus des Gelächters zu tanzen und jedes Lächeln zwinkernd und blinkend zurückzugeben. Draußen im Hof stand in der Mitte vor dem Hauptgebäude die große Tafel für die beiden Hauptfiguren des Schauspiels. Zu beiden Seiten davon zogen sich lange Tische den Ost- und Westflügel entlang, Kulisse des alten dynastischen Traums, den Alexa für ihre Töchter gehegt hatte. Nach dem Essen und den Ansprachen schlenderten die Gäste langsam über die Rasenflächen, einige wenige noch weiter, nach der größeren Abgeschiedenheit des fernen Sees hin.

«Sie sind wirklich ein vollkommenes Paar.» Das war Charlotte Baathus, Huberts Zwillingsschwester.

«Oh. Ja. Wirklich vollkommen.»

«Es ging alles so schnell», sagte sie.

«Ja.»

«Ich muß gestehen, ich war ein klein wenig ... überrascht. Sogar etwas schockiert. Obwohl Maria ganz außer sich ist vor Freude. Maria hat Elizabeth ja schon immer angebetet.»

«Schockiert? Warum denn das?»

«Nun ja», meinte sie. «Hubert war noch keinen Monat in London, als sie sich entschlossen zu heiraten. Und die Hochzeit kam dann schon so ... bald ... danach.»

«Elizabeth wollte gerne im Sommer heiraten. Warum also bis zum nächsten Sommer warten?» erwiderte ich.

Ich mochte Charlotte Baathus nicht. Während Hubert schön war, konnte sie nur eine ganz gewöhnliche Hübschheit vorweisen, mit blaßblauen Augen und Rosenmund. Ihr nahezu akzentfreies Englisch sprach sie mit leiser, ein wenig atemloser Stimme.

«Charlotte», sagte ich, «mich hat diese Eile ganz und gar nicht schockiert. Sie lieben einander ...», wieder stellten sich diese Worte ein, »... tief und innig.»

«Ja, natürlich», stimmte sie zu. Die Idee behagte ihr nicht, das konnte ich sehen. Einem erfahrenen Beobachter wie mir verrät schon die leiseste Verhärtung der Muskeln um den Mund die Niedertracht der Seele.

Ich küßte Charlotte flüchtig. Dieser Kuß, hoffte ich, so unmittelbar nach meinem winzigen Triumph über sie, würde sie verwirren. Voller Genugtuung spürte ich, wie ihre Armmuskeln sich unter meinem Griff leicht anspannten, bevor ich mit raubtierhafter Schnelle, der sie sich nicht entziehen konnte, meine Lippen an ihre Wange brachte.

Ich ließ sie stehen und trat zu einer anderen Gruppe von Gästen. Aus vollem Herzen pflichtete ich den überschwenglichen Lobliedern auf Elizabeths Schönheit bei. Geduldig lauschte ich einigen Freunden von ihr, die sich über ihre unendliche Güte ihnen gegenüber ausließen. Und ich dachte bei mir, daß ihr plötzlicher Entschluß zu heiraten meinen Plan zu etwas sehr viel Interessanterem gemacht hatte, zu einem Unterfangen von weit größerer Gefährlichkeit.

Mit einem sanften Lächeln glitt ich auf einen hoffnungsfrohen Dominick zu. Und wieder staunte ich darüber, wie wenig wir das menschliche Herz und den menschlichen Geist zu durchschauen vermögen. Ein barmherziger Schutz für uns alle. Denn wer wäre imstande, die Reise in das Innerste eines anderen Menschen zu überleben?

Niemand auf der ganzen Welt, niemand ahnte etwas von meinen Gedanken. Gott? fragte ich mich. Wußte Gott Bescheid? Und wenn ja, kümmerte es ihn?

7

Ein verliebter Mathematiker geht den Gegenstand seiner Liebe nicht mit einer wissenschaftlichen Analyse der statistischen Wahrscheinlichkeit von Beziehungen an. Und ein Mathematiker, dessen Gefühle nicht erwidert werden, schon gar nicht.

Aber möglicherweise gibt es trotz allem eine mathematische Gesetzmäßigkeit in diesen Dingen. Vergrößert oder verringert sich die Liebe des Liebenden direkt proportional zu der Liebe, die ihm entgegengebracht oder vorenthalten wird? Denn wer glaubt im Grunde seines Herzens nicht doch daran, daß seine leidenschaftliche Anbetung, wenn sie nur fachgerecht potenziert wird, die Wirkung letzten Endes gar nicht verfehlen kann? «Wo ein Herz in Liebe entbrennt», lautet der alte Spruch, «da glüht auch das andere.» Wie verführerisch. Und wie unwahr. Wozu etwas einfangen, das schon längst ins Netz gegangen ist? Nur im Flug begreifen wir die Freiheit des Vogels.

So sann ich müßig während eines Spazierganges mit Dominick kurz nach der Hochzeit. Gedanken, die mein sanftes Lächeln verbarg, während ich seinen Beteuerungen und Erwartungen lauschte. Denn Dominick hatte es sich angewöhnt, Erwartungen zu hegen.

Und da der Tag federleicht war und daunig weich und keiner uns sehen konnte am anderen Ufer des Sees, waren seine Verführungsversuche von Erfolg gekrönt. Seine Erwartungen erfüllten sich.

Meine Entscheidung. Ich ließ es zu. Ich ließ mich dazu herab. Bei Dominick war es von größter Wichtigkeit, einen gewissen Abstand zu wahren. Ich wußte das. Er wußte es nicht. Unter gesenkten Lidern beobachtete ich seine Auflösung. Und die Minuten danach, während sein Körper das Gleichgewicht wiederfand, füllte ich mit einem kleinen Traum von Elizabeth und Hubert. Ihrer Vereinigung – im heiligen Stand der Ehe. Und wieder spürte ich keinen Schmerz dabei. Dominick wisperte erneut Heiratsbeschwörungen in mein verschlossenes Herz. Mit einem Seufzer des Unmuts nahm ich Abschied von meinen Phantasien. Ich säte Zweifel in seiner Brust, und dann des Zweifels grausame Schwester, die Hoffnung.

Zusammen wanderten wir zum Haus zurück, wo die Gäste inzwischen abgereist waren. Die Lügnerin und ihr Liebster mit seinem klugen Gesicht. Seinem strohfarbenen Haar, das ihm pausenlos in die Brille rutschte. Dem schlaksigen Körper, der mich so kaltließ.

Wir saßen mit meiner Mutter und meinem Vater um

den Tisch und aßen winzig kleine, gegrillte Fische. Danach kaltes Huhn mit einer blassen Zitronensauce überzogen, verziert mit schwarzen, zu Herzen geformten Oliven. Die Lilien auf dem Tisch, manche mit diesen festgeschlossenen Schlangenköpfen, öffneten sich während des Essens sacht. Der Jäger wurde zum Opfer.

Ich trank Rotwein und fragte mich träge, was Elizabeth und Hubert gerade tun mochten. Jetzt, genau in dieser Sekunde. Im Geiste ließ ich den Blick an ihrem so vertrauten Körper auf- und abwandern. Ich versuchte ihn mir mit Huberts Augen vorzustellen. Und dachte an jenen verborgenen Akt, für den wir uns entlegene Winkel suchen, versteckte Zimmer oder das Dunkel. Damit kein anderer miterleben kann, auf welche Weise Mann und Frau eins werden. Wie der Mann blindlings nach oben drängt, jenen selben Kanal hinauf, durch den er einst ebenso blindlings in die Welt kam. Im Glauben, daß er Lust brächte, wo einmal der Schmerz geherrscht hat. Aber dennoch läuft es auf eine Niederlage hinaus. Denn dieser Süße entspringen erneut Schmerz und Blut, wenn der Schädel sich durch den Kanal abwärts bohrt. Wieder. Und immer wieder. Und nicht einmal bittet Gott uns um Verzeihung.

Der rote Wein verursachte mir Übelkeit. Und mit Schaudern stellte ich mir Elizabeth als Schwangere vor. Als Gebärende. Als Mutter.

«Sie werden miteinander sehr glücklich sein», sagte mein Vater.

«Ist das ein Befehl?» fragte ich.

«Ich bitte dich, Ruth. Es ist lediglich eine Prognose.»

«Und worauf genau, lieber Vater, stützt sich diese Prognose?»

«Auf das Wissen, daß ein Mann ein völliger Narr sein müßte, um mit Elizabeth nicht glücklich zu sein.»

«Aha. Sie besitzt also ein Geheimrezept, sehe ich das richtig? Wenn sie aus Griechenland zurückkommt, kann sie es vielleicht einmal Dominick erklären. Dann kann er eine mathematische Formel für das Glücklichsein entwickeln und damit berühmt werden. Das Dominick-Garton-Prinzip ehelichen Glücks, aufgezeigt am Ashbridge-Baathus-Modell. Erstmals entdeckt auf den griechischen Inseln, wo das Paar seine Flitterwochen verbrachte.»

Bevor mein Vater sich mißbilligend äußern konnte, warf ich ihm eine Kußhand zu und sagte: «Ein Scherz, Vater. Nur ein Scherz. Natürlich werden sie miteinander glücklich werden. Und du hast recht. Welcher Mann könnte anders, als Elizabeth zu lieben.»

Mein Vater und meine Mutter lächelten einander in unsicherer Erleichterung an.

«Und welcher Mann könnte anders als mit dir glücklich sein, Ruth?» Dominick warf mir eine Kußhand zu.

«Ach, Dominick. Mein treuer Anhänger. Ich habe nicht den Eindruck, daß ich fürs Glücklichsein geschaffen bin. Die Vorstellung an sich ist mir irgendwie fremd.»

«Was für ein Unsinn, Ruth. Was für ein absoluter Unsinn», sagte mein Vater.

«Un-Sinn. Nur für dich, Vater. Für mich ergibt es sehr wohl einen Sinn.»

«Du hast bisher ein sehr glückliches Leben gehabt. Das darfst du nicht so leichtfertig abtun.»

Mein Vater und ich hatten uns schon oft solche Wortgefechte geliefert, halb im Scherz, halb im Ernst. Sie hatten einen ganz bestimmten Stil, folgten festen Regeln und erfüllten zuverlässig ihren letztendlichen Zweck: den der Nichtkommunikation. Einer der Grundpfeiler im Verhältnis zwischen erwachsenen Kindern und ihren Eltern. Sein juristischer Hintergrund ließ meinen Vater ganz automatisch davon ausgehen, daß die Frage-und-Antwort-Strategie ein geeignetes Mittel zur Wahrheitsfindung sei. Er pflegte dabei zu vergessen, daß ich nicht unter Eid stand.

«Ich muß heute abend noch nach London zurück.» Dominick schickte sich zum Gehen an. «Ich habe morgen früh eine Vorlesung.»

«Elizabeth meinte letzte Woche, daß sie ihr Atelier behalten will», sagte meine Mutter.

«Ja. Sie hat sich entschlossen, weiterhin dort zu malen. Huberts Wohnung ist dafür nicht groß genug», bestätigte Dominick.

Dominick hatte sein Apartment im selben Haus wie Elizabeth. Ein Mathematiker mit der Atelierwohnung eines Malers. Sie verlieh ihm, so glaubte er, das künstlerische Flair, nach dem er sich so sehnte. Bei ihm hatte sich der Intellekt in das falsche Naturell verirrt, aber seine Begabung war so außergewöhnlich, und die Schulen und Universitäten hatten sie so frühzeitig erkannt und gefördert, daß das Wunderkind nie eine Chance gehabt hatte. Später dann fand er sich beladen mit akademischen Ehren und sah sich gezwungen, zu kapitulieren und eins zu werden mit seinem Talent. Fast in demselben Maße, in dem er Engländer wurde.

Seine Eltern waren Amerikaner – der Vater ein namhafter Mathematiker, seine Mutter Unternehmensberaterin bei McKinsey. Während einer wohlgeplanten gleichzeitigen Abstellung der beiden nach London – er an die London School of Economics, sie an das Londoner Büro ihrer Firma – besuchte Dominick die Westminster School. Dort verliebte er sich in England und in alles, was mit England zu tun hatte. Er lebte in dem Glauben, daß seine Leidenschaft erwidert würde – eine Selbsttäuschung, die typisch war für Dominick.

Nach der Rückkehr seiner Eltern nach Amerika entschloß er sich zu einem Studium in Cambridge. Dort begann er zu verstehen, was er in Westminster nur halb begriffen hatte: daß nämlich der Ernst, mit dem er sich seinem Fach hingab, einer Portion Ironie zur Auflockerung bedurfte. Und daß sich in der feinen englischen Gesellschaft das Thema Naturwissenschaften keiner großen Beliebtheit erfreute. Ein verhaltener Flirt mit den schönen Künsten fand sehr viel mehr Anklang.

Ich hatte ihn auf einer kleinen Party kennengelernt, die Elizabeth vor Jahren einmal gegeben hatte. Da ich mir von Besuchen bei ihm einen idealen Beobachtungsposten versprach, ermutigte ich sein Interesse. Es war ein

Kinderspiel, ihn zu verführen, und zwar so, daß er sich selbst für den Verführer hielt. Seine wachsende Liebe zu mir war der einzige Störfaktor in einem anderweitig vollkommenen Szenario.

Natürlich hatte es auch vor Dominick Männer in meinem Leben gegeben. Einen frühen Verehrer von Elizabeth zum Beispiel, einen mexikanischen Maler, den sie zu meiner großen Enttäuschung – ich fand es erst heraus, als es zu spät war – abgewiesen hatte. Dann war da eine Affäre mit einem völlig inakzeptablen Adligen gewesen, der mit dem Künstlerdasein kokettierte. Diese . . . Romanze . . . hatte mir ein heimliches Wochenende in Paris beschert, bei dem jene Seite seines Wesens, die er aller Wahrscheinlichkeit nach vor Elizabeth sorgsam verborgen hielt, ungezügelt zur Geltung kam. Zwei äußerst interessante und lehrreiche Tage. Der Sohn eines Nachbarn in Lexington stellte sich als eine weit weniger kurzweilige Eroberung heraus. Seine Gewissensbisse ob seines Verrats an Elizabeth waren so maßlos, daß es fast schon wieder komisch war.

Ich sah Dominick an. Ruths getreuer Kavalier, niemals der von Elizabeth. Ihr Entschluß, das Atelier zu behalten, überraschte mich. Sie hatte es mir gegenüber nicht erwähnt – wahrscheinlich, weil sie es für bedeutungslos hielt. Aber für Dominick war es von weittragender Bedeutung. Ich seufzte. Zumindest im Hinblick auf die unmittelbare Zukunft schien es, als sollte Dominick – und damit unsere Beziehung – noch ein Weilchen überleben.

8

Na, ihr zwei ... ihr Ehepaar.»

Hubert lächelte. Er und Elizabeth, Dominick und ich hatten uns zu einem Willkommensdinner in einem Restaurant in der Nähe ihrer Wohnung getroffen. Elizabeth war keine begnadete Köchin.

Gebräunt und mit sonnengebleichtem Haar, in cremefarbener Seidenbluse und einem dunkelbraunen Rock, schwärmte Elizabeth von Griechenland. Sie pries die Farben, die ihr nettes kleines Malerauge wahrgenommen hatte, und mir wurde klar, daß wir uns nun unweigerlich auf eine griechische Phase gefaßt machen mußten: Die blaugrüne Zartheit und das himmlische Weiß würden nur von der einen oder anderen Kaskade lachsfarbener Blütenblätter unterbrochen werden. Und zur Steigerung des Kontrasteffekts würde möglicherweise auch noch eine schwarzgewandete Bauerngestalt zu Fuß oder auf einem Esel quer über die Leinwand ziehen.

«Nun, Madame und Monsieur Hubert Baathus, frisch

vermählt ... glücklich verheiratet ... wie lautet die Definition von Eheglück?» Dominick, wie immer auf der Suche nach Definitionen.

«Es existiert nicht», sagte Hubert.

Elizabeth machte ein entsetztes Gesicht.

«Die Ehe an sich garantiert noch kein Glück. Das Glück besteht vielmehr darin, mit einem ganz speziellen Menschen zusammenzusein. Und der einzige für diesen speziellen Menschen zu sein.»

«Mit oder ohne Trauschein?»

«Ja. Obwohl die formalisierte Zusammengehörigkeit eine herrliche Einrichtung ist. Sie macht alles ungezwungen und heiter. Eine sehr weise Einrichtung. Also ist die Ehe weises Glück. Stimmt's?»

«Dein Englisch macht große Fortschritte.»

«Danke, Ruth.» Er lächelte mich an.

«Huberts Englisch klingt nur dann ein bißchen gespreizt, wenn er Leuten zum erstenmal begegnet. Er ist schüchtern.» Das war Elizabeth.

«Schüchtern? Aber nur ein bißchen», widersprach ich.

«Weises Glück. Das gefällt mir sehr. Ich hoffe, daß ihr noch viele, viele Jahre weisen Glücks vor euch habt.» Dominick hob sein Glas.

«Auf das weise Glück, auf das Glück von Elizabeth und Hubert.»

Nach dem Essen gingen wir alle auf einen Kaffee mit in Huberts Wohnung, die jetzt ihr gemeinsames Heim war. Eine maskuline Wohnung mit dunklem Holz, Vorhängen mit Paisley-Muster, Ledersofas – konventionell, aber zugleich elegant. Das schöne Zuhause eines schönen Mannes. Er beobachtete mich, während ich mich umsah.

«Wir ziehen in ein paar Jahren nach Paris. Es schien uns nicht besonders sinnvoll, jetzt noch ein neues Haus einzurichten.»

«Steht das schon fest?» fragte Dominick. Ich war noch dabei, den Gedanken an eine Trennung zu verdauen.

«Aber sicher», erwiderte Hubert.

«Deshalb male ich auch weiterhin in meinem Atelier, bis wir nach Paris umziehen», fügte Elizabeth hinzu. «Hubert hat mir versprochen, daß unser Haus ein Atelier haben wird, extra für mich. Ganz oben, direkt unterm Dach.»

Vor meinem geistigen Auge erstand eine neue Paris-Phase, eine Periode der Dachgiebel, schiefergrau. Welches Klischee würde sie wohl wählen? Dieses weise Glück, so mein Eindruck, würde außerordentlich langweilig werden. Aber was würde mich an Huberts Seite erwarten, wenn ich Elizabeth wäre? *Wenn* ich Elizabeth wäre?

«So, jetzt müssen wir euch zwei allein lassen. Es ist wunderbar, euch wieder hierzuhaben. Ihr habt so etwas Harmonisches. Ich halte immer Ausschau nach mathematischen Harmonien – ihre Schönheit würde euch verblüffen. Die Griechen glaubten sogar, daß sie die Quintessenz des Guten seien.»

«Aber Dominick. So romantisch habe ich dich ja noch nie über deine Arbeit sprechen hören.»

«Nein, Ruth. Vielleicht habe ich Angst davor, verspottet zu werden.» Er sagte nicht, von wem.

«Die Liebe ist ein Wunder. Eine neue Sichtweise. Plötzlich sieht man einen anderen ... durchtränkt von Licht. Es ist wie in meinen Bildern, meinen unmodernen, lichterfüllten Bildern. Die Liebe fügt dem Blick eine neue Dimension hinzu. Sie schafft ein Licht, das nur der Geliebte auszustrahlen scheint. Und das nur der Liebende wahrnimmt. So sehe ich ... Hubert.»

Elizabeth wandte sich am Ende ihrer bemerkenswerten kleinen Ansprache ab. Aus ihrem schmalen, zarten Gesicht loderte eine ungewöhnliche Heftigkeit. Hatte ich durch mein Erstaunen meinen Haß verraten? War sie hastig in Deckung gegangen?

«Das Leben, das ich früher geführt habe, war ein klein wenig selbstsüchtig. Elizabeth hat einen besseren Menschen aus mir gemacht.» Hubert, gutaussehend, glücklich – und gnadenbewußt.

«Und wie schlägt sich diese Veredelung äußerlich nieder?» Ich versuchte, spöttisch zu klingen.

«Äußerlich ist nichts zu sehen, Ruth. Aber ich habe mich wirklich verändert. Zum Beispiel spotte ich weniger.»

Eine deutliche Zurechtweisung.

«Tja, Hubert, dein Englisch ist auf alle Fälle besser geworden. Keinerlei Probleme mehr mit den Nuancen.»

Er lachte. «Ach, Ruth, du wirst schon auch noch schmelzen.»

Dominick zuckte ein wenig zusammen, schienen Huberts Worte doch zu besagen, daß seine Bemühungen, mein kaltes Herz zu erweichen, noch nicht sehr weit gediehen waren.

Die stets sensible Elizabeth bemerkte sein Unbehagen: «Ich habe das Gefühl, daß Dominick auf diesem Gebiet schon einiges geleistet hat. So, jetzt mache ich es ganz wie die Franzosen, gebe euch zwei Küßchen und sage ‹au revoir›.»

Die Küsse waren rein mechanisch. Wir verabschiedeten uns und gingen. Das nicht so harmonische Paar.

9

Ist es möglich, einen glücklich verheirateten Mann am Anfang seiner Ehe zu verführen? Besonders einen Mann, der an seiner Frau Tugenden schätzt, die ihm zuvor wenig bedeutet haben.

Die landläufigen Strategien würden bestimmt nicht anschlagen – ganz dicht an ihn heranschwimmen zum Beispiel in dem diskret verborgenen Schwimmbecken auf Lexington, oder sich überschwenglich nach vorne beugen in einem tiefausgeschnittenen Kleid. Solch plumpe Frontalangriffe waren Huberts Sache nicht.

Bei einem festlichen Abendessen anläßlich des Hochzeitstages meiner Eltern beschrieb mein Körper eine vollendete Kurve aus dunklem, rotem Samt. So sehr das Kleid die Üppigkeit meiner Linien auch hervorhob – das völlig unverkrampfte Lächeln, mit dem er auf den Anblick reagierte, ließ keinen Zweifel daran, daß ihn der Effekt wenig berührte. Und offen gestanden war mir die leichte Vulgarität meiner Aufmachung selbst zuwider.

Nein, Elizabeth hatte keinen Narren geheiratet. Und das Licht, das sie um ihn sah, verwehrte jeden Zugang. Langsam fand ich mich damit ab, daß bei Hubert möglicherweise nur geduldige Böswilligkeit fruchten würde.

Einen Tag gab es, und zwar in Lexington. Wir saßen zusammen im Garten. Aus irgendeinem Grund allein. Und ich versuchte, seinen Blick festzuhalten. Ich rückte – unmerklich nur – an ihn heran. Er sah mich an. Kalt. Wissend? Dann stand er auf. «Ich glaube, da kommt Elizabeth. Entschuldige mich, Ruth.»

Schwang da eine Mehrdeutigkeit mit? Oder hatten seine Worte eine Botschaft sein sollen: Bleib mir vom Leib? Hatte er mich, Ruth, endlich wahrgenommen? Oder einfach nur meine Absicht durchschaut?

Einige Zeit darauf mußte ich einer harmlosen Erkrankung wegen ins Krankenhaus. Bei meiner Entlassung fühlte ich mich ausgelaugt und müde. Und nachdem Dominick nicht abließ von seinem beschwörenden Bitten, erwog ich allmählich, mich zu ergeben. Mich hinzugeben. Ihm. Als seine Frau. Warum nicht?

Mein Geheimleben mit seinen erregend verschlungenen Pfaden und seiner betäubenden Kakophonie von Stimmen – meine eigene, für die Außenwelt bestimmte Stimme, ihr widersprüchliches Echo und die imaginäre Stimme meines Opfers – hielt mich in seinem Bann, ermüdete mich aber auch zunehmend.

Meine Arbeit, die zu keiner Zeit im Mittelpunkt gestanden hatte, wurde mehr und mehr zur Nebensache. Es im Verlagswesen «zu etwas zu bringen» stellte für mich weder eine finanzielle Notwendigkeit noch eine tiefergehende intellektuelle Befriedigung dar. Ich hatte mir bereits bewiesen, daß ich die Fähigkeit und Disziplin besaß, die für einen Erfolg in dem von mir gewählten Betätigungsfeld nötig waren. Mein wahrer Ehrgeiz jedoch lag auf einem anderen Gebiet.

Und auf seine Art hatte Dominick durchaus einiges, das für ihn sprach. Seine Anbetung gefiel mir. Ich hatte ihn völlig unter Kontrolle. Und nachdem ich die Idee einmal erwogen hatte, gewann sie an Anziehungskraft. Dominick, der seine Chance witterte, verstärkte seinen Angriff. Geschmeichelt und einigermaßen erschöpft streckte ich die Waffen.

Wir heirateten in aller Stille in London. Lexington hatte seinen triumphalen Hochzeitstag bereits hinter sich. Mir lag wenig daran, die zweite Braut zu sein.

Etwas später jedoch fand ich mich wieder in die Rolle der zweiten gedrängt. Elizabeth wurde schwanger. Ihr Sohn Stephen, mit Kaiserschnitt geboren, brachte für Elizabeth und Hubert die Erfüllung. Der stolze Vater – der glückliche Gatte – blieb unbefleckt.

Und Stephen wurde zum Wegbereiter für William, der knapp zwei Jahre später ohne Komplikationen zur Welt kam – ein Sohn für mich und Dominick. Jetzt besaß Dominick alles, was er sich gewünscht hatte: die Frau, die er liebte, und einen Sohn. Ist es da ein Wunder, daß ich ihn zuweilen bestrafen wollte?

Ich war jedoch eine gute Mutter. Eine hingebungsvolle Mutter. Wenn ich William ansah, hörte ich auf zu denken. Ich betete ihn an. Zerbrechliche Perfektion, von mir gebadet und dann wieder angezogen. Das Mysterium seines Weinens und seines Schweigens, und Augen, die meinen Blick wissend erwiderten.

Später dann eine robuste, stämmige Beweglichkeit, mit mir als Ziel. Noch ein wenig später altbekannte Laute, zu neuem Leben erweckt. Hauptsächlich für mich. Sicher, es hätte reichen müssen. Aber es hat mir nie gereicht.

Als die Säuglingsschwester das Feld räumte, nahm ich alles selbst in die Hand. Dominick war ebenso verblüfft wie glücklich.

Ich wußte, daß meine Liebe zu William ihn entzückte. Damit hatte auch er etwas, womit er sich trösten konnte. Ich sorgte dafür, daß das Gleichgewicht erhalten blieb. Es schien nur gerecht so.

Dominick kaufte die Atelierwohnung neben seiner alten, und darauf bedacht, seine über alles geliebte Harmonie der Dimensionen aufrechtzuerhalten, schuf er einen Raum der Ordnung und Symmetrie für seine schöne Frau und sein schönes Kind.

Vor weißen Wänden arrangierte er eine geometrische Möbellandschaft: Über Eck, aber so, daß sie sich berührten, standen cremefarbene Chaiselongues, dazu ein Kreis schwarzer Stühle und, in einem vollkommenen rechten Winkel, zwei niedrige Holztische mit schmiedeeisernen Beinen – alte indische Tische, erklärte er mir. Ein antiker Globus beherrschte die eine Schmalseite des Wohnzimmers, ein prachtvolles Teleskop die andere.

Williams Zimmer war klein und butterblumengelb. Auf seinem Bett schienen bizarr kolorierte grüne Kühe und Schäfer auf einer gelben Blumenwiese Fangen zu spielen. Er fand sie tröstlich und preßte diese weiche Zudecke an sich wie eine Geliebte, eine Stoffpuppen-Geliebte, die keinen Widerstand leistet.

Unser Schlafzimmer war in verschiedenen Blautönen gehalten. Hinter einer verborgenen Tür – zu der ich einen Schlüssel habe – richtete Dominick für mich einen langgestreckten Ankleideraum ein. Die eine Seite entlang hingen die Kleider, die den von Dominick bewunderten Körper umhüllten. Meine Schuhe standen in Reih und Glied, nach Farben geordnet wie Bataillone. In Regalen stapelten sich weich meine sorgfältig zusammengelegten Pullover, einer über dem anderen, ein Regenbogen aus Schwarz und Cremeweiß und Rot. Auf einer kleinen Frisierkommode prangte ein zierliches Arrangement von Creme- und Puderdöschen; die weniger reizvollen Artikel blieben in Schubladen verborgen.

Hier, in dieser engen, dunklen Kammer, bewahrte ich die Gegenstände auf, die Elizabeth gehörten. Die hochhackigen Schuhe aus schwarzem Lackleder. Zwei seidene Unterröcke – einer olivgrün, einer schwarz –, die ich ein wenig geändert hatte, um den andersartigen Erfordernissen meines Körpers gerecht zu werden. Seidenstrümpfe. Eine Haarbürste – ein Neuzugang. Eine Baskenmütze. Ebenfalls neu.

Ich war mir durchaus der sexuellen Komponente bewußt, die bei vielen dieser Artikel mitschwang, ebenso wie ich mir des Zwecks bewußt war, dem ich sie unter Umständen zuführen würde. Doch selbst die intimsten dieser Kleidungsstücke zeugten nicht von einem Verlangen nach Elizabeths Körper. Nein, ich war viel fordernder.

Elizabeth schien diese Gegenstände nie zu vermissen. Wer würde schon solche Kleinigkeiten über Jahre hinweg vermissen?

Zu Anfang, in den ersten Jahren meiner Ehe, ging ich mit äußerster Heimlichkeit zu Werke; ich versteckte meine Schätze unter Schichten anderer Kleider oder schob sie sorgfältig in die hintersten Winkel meiner Schubladen. Aber im Lauf der Zeit wurde der Ankleideraum mehr und mehr zu meiner Privatdomäne, in die kein Fremder seinen Fuß setzte. Meine Nervosität ließ nach.

Diese «Modelle» waren nicht für den täglichen Gebrauch bestimmt. Sie waren für heimliche Stunden da. Stunden, während derer ich wie gebannt auf meinen Körper in seiner Elizabeth-Aufmachung starrte und durch mein dunkles Reich wandelte wie in Trance.

Das Grundmuster meiner Beziehung zu Dominick änderte sich in der Ehe nicht. Die Macht, die ich über ihn hatte, faszinierte mich immer mehr. Sie stellte keine übermäßig große Leistung dar, das wußte ich genau. Aber besonders ehrgeizig war ich nie. Nur wenige sind das. Die meisten Menschen wollen nicht die Welt erobern – irgendein primitiver Instinkt sagt ihnen, daß mit ihr nicht viel anzufangen wäre. Sie sind völlig zufrieden, wenn sie das Streben nach der Weisheit einer Handvoll Verblendeten überlassen können. Und beobachten dürfen, wie ein innerer Zwang die unseligen Begnadeten zum Selbstopfer treibt und die Begabten dazu, ihnen nachzueifern. Wer schlau ist, bleibt im Publikum und wartet, bis die Schauspieler auf der Bühne zum überraschenden Ende kommen.

10

Vielleicht hatte mich die Mutterschaft betäubt. Ich glitt durch die Zeit wie durch Nebel. Und fünf Jahre vergingen, bis der Anruf kam.

Ein Anruf in Lexington, wo Elizabeth und ich das Wochenende verbrachten, da sich unsere Männer auf Geschäftsreise befanden. Ich war am Apparat. Ich nahm die Nachricht entgegen. Behutsam legte ich den Hörer auf die Gabel zurück. Lange Zeit blieb ich im Wohnzimmer stehen, allein. Dann ging ich langsam hinaus, um sie zu suchen. Sie war im Garten und schnitt Rosen.

Sie wandte sich um und sah mein Gesicht. Irgend etwas ließ sie wegrennen. Sie verließ die Terrasse und lief über den Rasen. Sie stolperte durch den Park, zwischen den Büschen hindurch, taumelte immer weiter, auf den See zu. Auf der Flucht vor der Kunde, mit der ich nahte, die ich ihr bringen würde. Wenn ich sie einfing. Oder wenn sie stehenblieb. Was würde eher geschehen? Es war eine Frage des Mutes. Ihres Mutes.

Und am Ende drehte sie sich um und stellte sich mir.

Ich flüsterte die Worte.

«Nein. *Nein!*» schrie sie auf.

Und stürzte zu Boden – die Reaktion des Körpers in den Momenten der Wahrheit.

Und von all den Menschen, die als Sendboten dieser Wahrheit in Frage gekommen wären, war ich auserkoren worden. Auserkoren durch den Zufall – Dominicks Kalifornienreise, der Londonaufenthalt meiner Eltern. Ich stand neben ihr und beobachtete, wie das Begreifen sich in ihr festsetzte. Und hörte zu, während sie ihre hohen, dünnen Laute ausstieß, gellend und messerscharf: die Klageschreie einer trauernden Frau.

Dann, immer noch auf den Knien, begann sie auf die Erde einzutrommeln, wie um ihn zurückzufordern. Aber das Erdreich gab nicht nach. Und wenn es überhaupt eine Spur weicher wurde, dann nur, um ihn später in sich aufzunehmen.

Sie war besiegt. Eine Niederlage, die so unvermittelt, so endgültig war, daß ihr vergangenes Leben binnen einer Sekunde ausgelöscht wurde. Und unter lauten Schreien entstand ihr neues Dasein. Ich sah es ohne Mitleid. Und dann kniete ich neben der Witwe nieder und sprach ihr Trost zu. Und dachte bei mir, daß ich ihre Einheit nun niemals würde aufbrechen können, Elizabeth niemals durch Hubert kennen, erkennen lernen. In gewisser Weise war ich um meine Beute betrogen worden.

11

Wir begraben die Toten mit den verschiedensten Empfindungen. Vereinzelt nur sind es Ahnungen der Sterblichkeit. Das Wort «begraben» zieht eine endgültige Trennlinie zwischen ihnen und uns. Wie uns das Leben anderer oft nur als ein Traum erscheint, so auch ihr Tod.

In den seltensten Fällen begegnet man wirklicher Pein. Elizabeth an jenem Tag war einer dieser Fälle. Der Jammer hatte ihr Gesicht aufquellen lassen, als ob die gesamte Körperflüssigkeit sich erhoben hätte in einer einzigen aufbegehrenden Woge und gegen die Felsen des Knochenbaus brandete. Ihre Augen jedoch blieben unnatürlich ruhig.

Es schien mir ein wenig übertrieben. Aber ich spürte die Macht, die darin steckte. Ich hielt mich auf Distanz.

Ich fragte mich, was in einem Jahr sein würde, oder vielleicht besser in fünf Jahren. Hubert, der blasse Geist eines gutaussehenden Gatten – eine Erinnerung, der sein

Nachfolger mit Respekt begegnen würde. Denn ganz gewißlich würde ein Nachfolger auf den Plan treten, aus irgendwelchen Gefilden der Zukunft. Um das Leben zu führen, das Hubert verloren hatte. Würde es einen Unterschied machen? Für Elizabeth? In fünf Jahren?

Nach der lateinischen Totenmesse verließ die Prozession der Trauergäste die Kapelle in Tours, angeführt von Elizabeth, die sich auf den Arm meines Vaters stützte. Gleich hinter ihr – hochaufgerichtet und ohne einander zu berühren – kamen Huberts Eltern. Ich ging an der Seite meiner schluchzenden Mutter, ruhig, bis ins Innerste gelassen. Dominick war nicht mitgekommen. Er war mit dem verwirrten Stephen und dem aufgeregten William zu Freunden nach Schottland gefahren.

Die Trauergäste tuschelten leise miteinander, als sie dem Leichenzug auf den kleinen Friedhof folgten, wo Hubert mit seinen Ahnen vereint liegen würde.

«Schrecklich, diese Autounfälle. Die häufigste Todesursache bei Männern unter . . .»

«Sonst ist niemand getötet worden. Ein Wunder.»

«Es hat Stunden gedauert, bis sie ihn herausgeholt hatten – er war vollkommen . . .»

«Er war schrecklich . . . zerbrochen. Alles.» Der Franzose suchte nach Worten. «Alles . . . zerbrochen . . .»

Alles bis auf die Augen. Die sie ihm schlossen.

Elizabeth ließ sich von uns aus dem Friedhof führen und sprach während des ganzen Rückfluges nach London kein einziges Wort. Sie hatte es abgelehnt, an dem Familientreffen auf «Les Cypres», dem Baathusschen

Schloß, teilzunehmen. Auf der Fahrt nach Lexington saß sie zusammengekauert im Fond des Wagens, ohne eine Bewegung, ohne einen Laut.

Als wir ankamen, ging sie sofort auf ihr Zimmer. Wortlos bedeutete sie uns, sie allein zu lassen. Und dann blieb sie allein. Stunde um Stunde. Tag um Tag.

Sie duldete kein Wort, keine Geräusche. Wenn wir ihr etwas zu essen brachten, wenn wir sie beschworen, einen Arzt kommen und sich irgendwie helfen zu lassen, sah sie uns an, als verursachten unsere Worte ihr körperliche Qualen.

Ihre Stummheit stürzte meine Eltern in immer größere Ratlosigkeit. Ich versuchte, sie zu beruhigen. Ich wußte, daß Elizabeth darüber hinwegkommen würde. Sie würde es als ihre Pflicht ansehen. Eine Sorgepflicht gegenüber Stephen, ihrem Sohn. Und eine Verpflichtung all den Menschen gegenüber, die ihr so viel Liebe entgegengebracht hatten und die sie nicht noch mehr bekümmern durfte. Elizabeth war selbst in ihrem Leiden selbstlos.

Nach vier Tagen hörten wir einen Schrei. Durchdringend und hoch. Und dann noch einen, und noch einen. Wir hasteten die Treppe hinauf. Als wir in ihr Zimmer stürzten, stand sie da und versuchte mit bebenden Fingern, das Fenster zu schließen.

«Ich habe ihn verloren. Er ist weg. Er wollte fort. Ich konnte ihn nicht aufhalten. Ich hatte ihn hier drinnen.» Sie schlang sich die Arme um den Körper. «Komm zurück, Hubert, komm zurück! Bitte Hubert, bitte!

Komm zurück!» Verzweifelt drehte sie sich zu uns um. «Ich wollte ihn nicht aufwecken. Er lag so ruhig da. Er schlief ganz fest, in mir drinnen. Ich hatte Angst, daß ihr ihn wecken würdet. Wenn ihr kamt und mit mir reden wolltet. Angst, daß ... er aufwachen würde. Und von mir weggehen. Ach, Hubert! Jetzt hat er mich verlassen. Er hat sich aus mir herausgekämpft. Ich bin leer, Hubert. Ich bin leer.»

Wir standen da. Versteinert durch ihren Schmerz. Unfreiwillige, entsetzte Zeugen dieses letzten Kampfes.

Stunden später erklärte sie sich bereit, den Hausarzt zu sich ins Zimmer zu lassen. Sie sprachen mit leisen Stimmen miteinander, stundenlang. Als er herauskam, sagte er uns, daß sie jetzt schlafen würde. Unter Umständen mehrere Tage hindurch, mit nur kurzen Unterbrechungen. Was sie auch tat.

Es war endlich vorbei.

12

Die Derwent Harding PLC ist mit einem Angebot für Alpha Publishing an uns herangetreten. Es ist unsere Pflicht, dieses Angebot sorgfältig zu prüfen.»

«Es war keine gute Idee, damals an die Börse zu gehen», sagte ich zu meinem Vater. Wir waren zu einem hastig anberaumten Familiendinner zusammengekommen.

«Nein. Nun ja, Ruth, der Aufsichtsrat war seinerzeit sehr erpicht darauf. Ich bin zwar Vorsitzender, aber unser Beitrag als Familie ist doch sehr gering.»

«Weißt du, Vater, ich habe eigentlich mit dem Gedanken gespielt, bei Alpha einen Buchverlag aufzuziehen. In ein paar Jahren vielleicht, wenn William größer ist.»

«Davon hast du mir bisher nie ein Wort gesagt.»

«Vielleicht wollte ich dich überraschen.»

«Das ist dir ja noch nie schwergefallen», seufzte er. «Ruth, wir dürfen nicht vergessen, daß wir der Firma gegenüber eine große Verantwortung tragen.» Wir besitzen nach wie vor das größte Aktienpaket». Aber der Aufsichtsrat ist der Meinung, daß dies ein ernst zu nehmendes Angebot ist, das auch den anderen Teilhabern unterbreitet werden muß. Ich werde mein Amt als Vorsitzender zur Verfügung stellen.»

«Wie geht es mit Alpha weiter, wenn wir uns entschließen, das Angebot anzunehmen?» fragte ich.

«Nun ja, Alpha Publishing wird weiterhin unter diesem Namen Geschäfte machen, aber mit Derwent als Eigentümer. Das bedeutet auch bessere Entwicklungsperspektiven für unsere Zeitschriften. Alles in allem ist es eigentlich eine sehr gute Idee.»

«Elizabeth?» Er wandte sich an sie. Immer noch in Schwarz. Nach beinahe vier Jahren.

«Ich denke, wir sollten uns der Entscheidung des Aufsichtsrats anschließen, ganz egal, wie sie ausfällt. Ich persönlich habe ja nie etwas zu Alpha beigetragen.»

«Euer Großvater hat die Firma gegründet. Wäre er nicht gewesen, dann würde es sie überhaupt nicht geben», warf meine Mutter ein.

«Uns allerdings auch nicht», gab ich etwas spitz zurück.

«Ruth!» Mein Vater ergriff wieder das Wort. Fast ein wenig traurig. «Weißt du, mein Liebes ... es freut mich zwar, daß du daran gedacht hast, Bücher zu verlegen, aber ich glaube, daß es nicht gut zu den Zeitschriften gepaßt hätte. Ich bin mir so gut wie sicher, daß der Aufsichtsrat den Vorschlag abgelehnt hätte.»

Schließlich kamen wir überein, den Vorsitzenden von

Derwent für den darauffolgenden Sonntag zum Mittagessen nach Lexington zu bitten. Damit er die Familie kennenlernte. Der Name der neuen Firma sollte in ansprechender Umgebung erörtert werden.

«Sind wir uns also einig?» Mein Vater sah von einem zum anderen.

Wir nickten bestätigend.

Ein jäher Schauer überlief mich. Vielleicht hatte der von einem Engel gewobene Schleier sich einen Augenblick lang ein Stückchen gehoben?

13

Hölzerne Türen führen auf Lexington von der Eingangshalle in einen großen, hohen Salon mit einem imposanten Steinkamin. Rechts und links des Kamins stehen zwei gobelinbezogene Sofas einander gegenüber – in militärischer Präzision, so, als hielten sie Wache über dem niedrigen, ins Schwärzliche spielenden grünen Marmortisch. An den beiden Schmalseiten des Raums ahnt man zwei hölzerne Doppeltüren hinter zwei völlig identischen Gestecken langstieliger roter Rosen, die auf runden Tischchen stehen. Die überall herumstehenden schwarzen Stühle mit hoher Rückenlehne und Ziernägeln an den Armstützen wirken wenig einladend.

Dunkle Wandbehänge zu beiden Seiten des offenen Kamins spiegeln mit ihrem Grün den fernen Blick über den Hof hinweg auf den Park und den halbverborgenen See. Die Wände zwischen den Verandatüren sind nackt, bis auf die schweren grünen Samtvorhänge. Es ist ein strenger, düsterer Raum.

Vom Nordende des Salons geht ein kleines Bibliothekszimmer ab. Es wird für Kartenspiele, Schach und zum Lesen benutzt.

Das Eßzimmer mit seinem langen, dunklen Mahagonitisch, den silbernen Kerzenleuchtern und einem riesigen Gemälde sakralen Inhalts könnte auch als Kapelle dienen.

Alle Zimmer stellen eine Studie in Dunkel dar. Obgleich die hohen Terrassentüren die Helligkeit zu begrüßen scheinen, hält sich das Licht höflich fern.

Dies waren die Räume, durch die Sir Charles Harding meinem Vater in unser Leben folgte.

Er war ein Mann Ende Vierzig, von beachtlicher Körpergröße und mit einem breiten, fast grobschlächtigen Gesicht. Er lächelte nicht, als ich ihm die Hand hinstreckte, die er nur ganz kurz drückte.

Er wandte sich Elizabeth zu. Sie war – wie stets – in Schwarz. Ahnte sie, wie wirkungsvoll der Kontrast ihre Blässe hervorhob? Daß er ihr eine Macht verlieh, die sie eigentlich nicht besaß? Nein, solch intuitives Wissen war Elizabeth fremd. Das war mein Gebiet. Das ungeschminkte Gesicht und die schmucklose Strenge ihrer Haartracht ließen sie wie eine Nonne wirken. Ich bemerkte ein winziges Aufflackern der Überraschung in seinem Blick.

Dann trat meine Mutter ins Zimmer, die noch rasch letzte Anweisungen für das Mittagessen erteilt hatte. Sie wurde mit einer Verbeugung sowie einer höflichen Würdigung ihrer ausgestreckten Hand bedacht.

Sir Charles Harding äußerte sich bewundernd über die Schönheit der Rosen. Meine Mutter erglühte vor Freude über diesen Tribut an ihre heimliche Leidenschaft.

Geradeso, wie die Rosen den Raum geometrisch zu gliedern schienen, verliehen sie auch dem Wochenablauf meiner Mutter seine Struktur. Angetan mit Handschuhen aus Segeltuch stand sie jeden Montag und Donnerstag in einer kleinen Kammer neben der Küche, ein regelrechtes Chirurgenbesteck neben sich, und schnitt mit der Gartenschere in unerbittlicher Akkuratesse jedes ihrer hilflosen Opfer, die da auf dem chromglänzenden Operationstisch lagen, auf eine exakt vorherbestimmte Länge zu. Dann nahm sie ein kleines, scharfes, dolchartiges Messer zur Hand und brachte dem Ende eines jeden grünen Stiels eine säuberliche Wunde von genau einem halben Zentimeter bei.

Mit ihren weichen Kaschmirpullovern und den vernünftigen Röcken – manchmal auch noch den Panamahut auf dem Kopf – hätte sie eigentlich ein Sinnbild hausmütterlicher Heiterkeit abgeben müssen, vertieft in die ruhevollste aller Tätigkeiten, das Blumenstecken.

Nun dirigierte sie uns ins Eßzimmer hinüber, ganz die perfekte Gastgeberin.

«Ich möchte Ihnen versichern», sagte Sir Charles Harding, der rechts von meiner Mutter saß, «daß ich Sie nicht zu diesem Verkauf drängen möchte.» Er machte eine kurze Pause. «Das ist nicht meine Art.» Seine Stimme klang eigenartig – sie hatte etwas leicht Abgehacktes.

«Natürlich, Sir Charles», antwortete mein Vater.

«Sehr freundlich von Ihnen, das zu sagen. Aber wir haben uns alles gut überlegt und stehen nach wie vor zu unserer Entscheidung von letzter Woche.»

«Bezüglich des Namens?»

«Ja.»

«Wie ich bereits Ihrem Aufsichtsrat mitgeteilt habe», erklärte Sir Charles, «ist das kein Problem. Und es wird auch nie eines sein. Wir können es im Vertrag als eine der Voraussetzungen für den Verkauf festhalten. Ich weiß, was für eine Herzensangelegenheit Familienunternehmen sein können. *Die Buddenbrooks* ist eines meiner Lieblingsbücher.»

«Ach ja, Mann», erwiderte mein Vater. Sein Tonfall war unbestimmt und ließ offen, wie er über die *Buddenbrooks* dachte und ob seine Einstellung zu dem Buch durch irgendein antideutsches Vorurteil beeinflußt sein mochte, dem er bislang nie Ausdruck verliehen hatte. «Mir ist *Der Zauberberg* lieber», fuhr er fort, freilich ohne allzu große Begeisterung.

«Was für eine hochliterarische Unterhaltung», warf ich ein. «Aber, Sir Charles, Ihr Verständnis für unsere Gefühle in bezug auf Alpha hat doch gewiß auch mit der Tatsache zu tun, daß Ihr eigener Familienname floriert, und zwar in einem solchen Maße, daß Sie uns jetzt aufkaufen. Das ist doch vielleicht der wahre Grund für Ihr Verständnis, und nicht ein noch so inniges Verhältnis zu Thomas Mann.»

«Richtig.»

Die Knappheit der Erwiderung ließ seine Zustimmung beinahe wie eine Abfuhr klingen. Er wandte sich an Elizabeth. Schwester Elizabeth. Die tragische Witwe, unendlich viel interessanter als Ruth. Allein schon durch die Tatsache ihrer Trauer – und der Art, wie sie sie trug.

«Madame Baathus?»

«Nennen Sie mich doch bitte Elizabeth.»

«Danke, Elizabeth.» Fast klang es, als hätte der Name einen Vokal mehr. Und das «Beth» hörte sich an wie gesungen. Der Name wurde zu Musik. Wogegen meiner ein kurzer, scharfer Ton war, der die Luft durchschnitt wie ein Peitschenknall.

Elizabeth sprach leise und ruhig. Wie immer.

«Ich bin froh, daß der Name bestehen bleibt. Unsere Großeltern hätten es so gewollt. Vater sagt, der Vorstand sei der Meinung, Ihre Firma sei die richtige für uns.»

«Also eine Art Ehe?» schob ich ein. Ich wollte diese . . . Gemeinschaft zwischen ihnen aufbrechen.

«Ja.» Sir Charles war kein Mann der vielen Worte.

«Wobei der eine Partner selbstverständlich dominiert.» Ich ließ nicht locker.

«Selbstverständlich.»

«Ist das generell Ihre Devise bei Geschäften – und in der Ehe?»

«Ganz recht, Mrs. Garton.»

«Oh, sagen Sie ruhig Ruth zu mir.»

«Danke . . . Ruth.»

‹Ruth›. Kurz, schnell, hart.

«Wir besprechen hier weltliche Dinge, und in weltlichen Dingen dominiere ich gern.» Sir Charles lächelte. Flüchtig.

«Kein sehr moderner Standpunkt», gab ich zurück.

«Nein. Allerdings ist die Ehe mehr als nur eine weltliche Angelegenheit. Und dort sind die Frauen die Herrscherinnen.»

«Sehr interessant», sagte mein Vater.

«Ich glaube, die Frauen sehen diese Dinge oft nicht ganz richtig. Die Frauen sind doch das Zentrum allen Lebens. Sie halten seinen Kern in Händen. Und trotzdem kämpfen sie darum, am Rand der Welt stehen zu dürfen.»

«Und wenn sie irgendwann einmal die Welt beherrschen?» fragte ich lächelnd.

«Nun, dann werden sie feststellen, daß sie damit nicht viel gewonnen haben.»

«‹Denn wem wird schon sein Traum erfüllt, daß er darin Erfüllung fände›», zitierte ich.

Er machte ein verdutztes Gesicht.

«Thackeray», erklärte ich.

«*Jahrmarkt der Eitelkeit*, richtig?»

«Ja, Sir Charles.» Ich war mir nicht sicher, an wen dieser Punkt ging.

«Eine zynischere Stimme als die von Mann. Ich habe das Gefühl, Thackeray entspricht Ihnen mehr.»

Verdammt. «Und was sagt Lady Harding zu ihrer Rolle in der Welt und im Leben?»

«Lady Harding ist tot.»

Elizabeth neigte sich ein wenig zu ihm hin. Ich sah, wie ihre Blicke sich trafen. Erneuter Beweis, wie banal die Macht des Schmerzes ist.

«Das tut mir leid», sagte ich.

«Ruth, du konntest das wirklich nicht ahnen. Ich bin sicher, Sir Charles versteht das.»

Danke, Elizabeth.

«Natürlich. Sie brauchen sich nicht zu entschuldigen.»

«Sir Charles, Sie möchten also, daß wir Ihnen unseren gesamten Aktienanteil verkaufen. Nicht nur soviel, wie Sie benötigen, um die Kontrolle zu erlangen.» Wie immer war mein Vater ängstlich darauf bedacht, das Gespräch wieder in andere Bahnen zu lenken, weg von so gefährlichen Themen wie Männer, Frauen, Leben und Tod. Die weltliche Welt war ein Ort, an dem er alles im Griff hatte.

Die Unterhaltung ging weiter – taktvoll, höflich und entschieden langweiliger.

Dominick kam, um mit uns Tee zu trinken und um mich abzuholen. Wir wollten mit seinen Eltern, die gerade für kurze Zeit in London weilten, in ein Konzert gehen.

«Dann muß ich mich also aus der Arena zurückziehen, Sir Charles.» Wir schüttelten uns die Hand.

«Sie haben Ihren Standpunkt bereits klar zum Ausdruck gebracht, Ruth. Was bei Ihnen wohl nichts Ungewöhnliches ist.»

Ich lächelte kurz und ging hinaus. Ich hatte eine andere Arena im Sinn gehabt als die geschäftliche. Ob er das wohl erraten hatte?

Stunden später lag Dominick auf mir. Und flüsterte von Liebe. Wieder. Und immer wieder. Vielleicht machte die Musik in seinem eigenen Kopf ihn taub für mein Schweigen.

14

Ruth.» Ein Hieb. Kurz, schnell, hart. Am Telephon, eine Woche später.

«Ich fürchte, daß ich bei unserer Begegnung am letzten Sonntag ein bißchen schroff war. Vielleicht würden Sie und Dominick ...» Es kommt schon noch, Ruth, warte nur ab. «... und Ihre Schwester Elizabeth mir die Freude machen, nächsten Donnerstag mit mir zu Abend zu essen.»

«Haben Sie Elizabeth schon gefragt?»

«Nein.»

Ich wartete. Immer die beste Taktik. Er war unsicher. Zweifellos eine ungewohnte Erfahrung für ihn. Und ging – sehenden Auges vielleicht sogar – in die Falle.

«Ich dachte, es wäre vielleicht ... unpassend. Schließlich ist sie ja ...»

«Witwe.»

«Ja.»

«Eine trauernde Witwe.»

«O ja. O ja. Ich habe es bemerkt.»

«Sie legen mir aber doch nicht nahe, Sir Charles, Elizabeth in Ihrem Namen einzuladen?»

«Nein, natürlich nicht. Ach Gott, jetzt habe ich Sie in Verlegenheit gebracht. Es tut mir wirklich leid. Dieses gesamte Unterfangen war . . . eine Torheit.»

«Unterfangen! Das ist doch vielleicht ein bißchen übertrieben, Sir Charles. Es ist eine Einladung, weiter nichts. Ich muß erst noch Dominick fragen, aber ich wüßte nicht, was dagegen sprechen sollte.»

«Ah, sehr gut.» Die Erleichterung in seiner Stimme entging mir nicht.

«Dann überlasse ich Elizabeth also Ihnen», sagte ich.

«Aber sicher», erwiderte er.

«Also bis Donnerstag.»

«Bis Donnerstag.»

Dominick war leicht zu überreden, wie immer. O du gütiges Gesicht, du brillanter Geist. O du schönes, strohblondes Haar. Du Jungmännerkörper, warum hast du dir das angetan? Warum verlangst du nicht nach einer wirklichen Geliebten? Warum läßt du zu, daß ich dir so etwas antue? Wo hast du gelernt, dich selbst zu verraten? Wer hat dich das gelehrt? Ich. Ich nehme an, daß ich es war.

Wir waren zu einem kleinen Restaurant in Mayfair unterwegs – keine ausgefallene Wahl, die aber seltsam beschwichtigend wirkte. Ich ließ den Blick auf meiner cremeweiß-seidigen Erscheinung im Seitenspiegel des Wagens ruhen. Ich konnte davon ausgehen, daß Elizabeth Schwarz tragen würde. Charles Hardings Erinnerung an sein erstes Dinner mit Elizabeth, so spürte ich intuitiv, sollte in ihren Schatten meine elfenbeinfarbene Gestalt bergen. Wie wichtig es doch war, für seinen Auftritt richtig gekleidet zu sein. Selbst wenn man dazu verdammt war, in den Kulissen zu warten.

Sir Charles war schon vor uns da. Elizabeth verspätete sich, natürlich rein zufällig. Wir nippten an unseren Getränken. Und ich konnte fühlen, wie er meine Schönheit in sich aufsog, durchaus nicht ohne Interesse, während wir auf die Ankunft jener einen warteten, der zu Ehren das Essen überhaupt stattfand.

Ernst, herb und mit einer anmutig-zurückhaltenden Entschuldigung auf den Lippen nahm Elizabeth Platz.

Sir Charles hatte sich geschickt in unserem Leben etabliert. Ich hatte den Eindruck, daß er selten Zeit verschwendete. Und daß diesem Essen weitere folgen würden.

Ich saß neben ihm. Elizabeth und Dominick saßen uns gegenüber. Elizabeth entspannte sich im Lauf des Essens hinreichend, um Charles Harding gänzlich in ihren Bann zu ziehen. Ich hörte zu, wie sie auf seine behutsam formulierten Fragen antwortete.

«Ja, ich habe mein Atelier behalten. Ich gehe dort hin, um zu malen. Dominick hat mir einmal mit mathematischen Formeln die Schönheit der Proportionen erklärt, aber ich liebe das Studio des Lichtes wegen, das durch das Oberlicht fällt. So werde ich nicht abgelenkt durch den Ausblick auf Gärten oder auf andere Häuser. Es ist vielleicht undankbar von mir, das zu sagen, aber das Alleinsein ist mir jetzt noch wichtiger als früher.»

«Warum undankbar?»

«Ach, weil alle – meine Eltern, Dominick und ganz besonders Ruth – so verständnisvoll und lieb waren. Und dann natürlich Stephen, mein kleiner Liebling, der sich solche Mühe gegeben hat, mich zu trösten. Es kommt mir einfach falsch vor ... es kommt mir gefühllos vor ... angesichts von so viel Liebe darauf zu bestehen, daß ich allein sein muß.»

«Und Ihre Arbeit? Was malen Sie zur Zeit?»

«Nichts.»

«Nichts? Aber Sie sagten doch, Sie gingen ins Atelier, um zu malen.»

«Ja. Ich gehe hin, um zu malen. Aber ich male nicht.»

Davon habe ich nichts geahnt. Werde ich dich jemals kennen, Elizabeth?

«Wieso nicht?» fragte Sir Charles.

«Ich weiß es nicht. Aber ich weiß, daß ich recht daran tue, jeden Tag dorthin zu gehen. Und eines Tages wird der richtige Tag gekommen sein.»

Sir Charles räusperte sich. Zweifelsohne vor Rührung.

«Was tun Sie also, während Sie dort sind?»

«Ich sitze da und warte.»

«Auf die große Eingebung?» fragte ich. Langsam wurde es wirklich ein bißchen zuviel.

«Ich warte darauf, daß etwas kommt, bei dem ich weiß, dies ist es, was ich malen soll.»

«Warum machst du nicht einfach weiter mit deiner ...», Huberts Wendung kam mir in den Sinn ..., «‹Bezauberung›?»

«Weil das bedeuten würde, daß ich mich durch Huberts Tod nicht verändert habe.»

Wir schwiegen alle.

«Jetzt muß ich aber aufhören zu reden. Ich habe mehr über mich gesprochen, als es ...»

«Als es Ihre Art ist.»

«Ja.»

«Dann also: auf das Warten ... auf das, was richtig ist.» Sir Charles hob sein Glas. Ich sah zu, wie er sie in sich hineintrank. Und ich sah Dominick an, der mir unschuldig zuprostete und ganz eindeutig den Schmerz nicht schmeckte.

15

Erzähl mir etwas über Charles Harding.» Helen und ich aßen zusammen zu Mittag.

«Wieso?»

«Hast du nicht gehört, daß er versucht, Alpha aufzukaufen?»

«Was hat das mit dir zu tun? Du hast dich doch noch nie für die Firma interessiert.»

«Nun, stille Wasser gründen tief.» Ich lachte.

«Ich kenne ihn nicht besonders gut.»

«Auf jeden Fall besser als ich. Also gib mir ein paar Anhaltspunkte.»

«Nun, man fürchtet ihn.»

«Wer fürchtet ihn?»

«Die Leute aus der Verlagsbranche natürlich. Und aus der Finanzwelt.»

«Warum?»

«Erstens ist er hochintelligent. War in Oxford. Und dann gilt er als rücksichtsloser Geschäftsmann.»

«Zu Recht?»

«Nicht unbedingt. Er ist ganz einfach nur sehr erfolgreich, und zwar über jede statistische Wahrscheinlichkeit hinaus.»

«Großer Gott! Verschone mich mit diesen mathematischen Formulierungen.»

«Die Mathematik ist eigentlich nicht mein Fach.»

«Helen, jedesmal, wenn du mir aus dem Fernseher entgegenschaust und gerade die Jahresergebnisse von irgendwelchen Firmen analysierst, dann denke ich unwillkürlich an das Schulmädchen zurück, das sich gegen seine Mathe-Hausaufgaben jedes Parfüm und jeden Lippenstift eintauschen konnte, den es sich gerade in den Kopf gesetzt hatte.»

«Aber nie deine, meine Liebe. Du warst schon immer erhaben über solch lächerliche Schönheitsattribute.»

«Abgesehen davon machte ich meine Hausaufgaben lieber selbst.»

«Das scheint immer noch zuzutreffen.»

«Was meinst du damit?»

«Du recherchierst gerade das Thema Charles Harding.»

«Nun, wie ich schon sagte, es ist gut möglich, daß er unsere Firma übernimmt.»

«Hm.»

Helen war in meinem Leben die einzige, die ich als eine Freundin bezeichnen würde. Deshalb war ich in ihrer Gegenwart stets besonders auf der Hut. Sie hatte welliges rotes Haar und große, grau-grüne Augen, die während eines Interviews von der Schärfe ihrer Fragen ablenkten. Sie strahlte eine gewisse feminine Kraft aus, die bei den Frauen meiner Zeit auf große Bewunderung stieß, und setzte die Gaben, welche die Natur ihr verliehen hatte, dazu ein, einem beachtlichen Intellekt zu sekundieren – zu dem einfachen Zweck, mächtigen Männern den Boden unter den Füßen wegzuziehen. Sie leistete ausgezeichnete Arbeit und gab sich ungern geschlagen. In unserer Beziehung hielten sich gegenseitige Hochachtung und Rivalität die Waage.

«Kanntest du seine Frau?»

«Felicity? Nicht besonders gut. Ich bin ihr bei ein paar offiziellen Anlässen begegnet, wenn sie die Vorzeigegattin zu sein hatte. Was ihr, nebenbei bemerkt, stets ganz vorzüglich gelang. Sie ist vor vier Jahren gestorben.»

«Woran?»

«Sie war ziemlich lange krank. Irgendein Herzleiden, glaube ich. Obwohl das Ende dann ganz plötzlich kam.»

«Kinder?»

«Ein Sohn. Schon erwachsen. Ich glaube, er lebt in Amerika. Es war eine lange Ehe. Soviel ich weiß, gab es nie irgendeinen Skandal. Charles Harding ist kein Mann, der in die Klatschspalten kommt. Dafür ist er viel zu schlau. Natürlich könnte es sein, daß es da ein Geheimnis gibt, aber ...», sie machte eine winzige Pause, «nach außen hin hat es ganz den Anschein, als lägen die Karten offen auf dem Tisch. Industriemagnat. Verwitwet.»

Ich kannte Helen zu gut, um der Pause keine Beachtung zu schenken.

«Nach außen hin? Was soll das heißen? Hast du irgendwelche Insider-Informationen?»

Sie lehnte sich zurück und sah mich an, einen leicht fragenden Ausdruck in den Augen.

«Ja», erwiderte sie schließlich.

«Verrätst du sie mir? Es ist für mich sehr wichtig.»

Sie seufzte. «Kann ich mich auf deine Diskretion verlassen, Ruth? Das muß wirklich unter uns bleiben.»

Ich nickte. Sie schwieg einen Moment und begann dann mit leiser Stimme zu erzählen.

«In dem Jahr vor Felicitys Tod – da war sie, das sollte man nicht vergessen, schon seit einer ganzen Weile krank – hatte er eine kurze Affäre mit einer jungen Frau. Sie war ... bis zum Wahnsinn ... in ihn verliebt. Es war offenbar eine sehr intensive Angelegenheit. Vorrangig auf sexueller Ebene, stelle ich mir vor. Wie auch immer, er versuchte, Schluß zu machen. Und sie ... brachte sich um. Ich kannte ihre Eltern. Es wurde alles vertuscht. Ihr Vater ist Kronanwalt. Sehr einflußreich.»

«Und Charles Harding?»

«Nun ja, er war völlig gebrochen. Gab sich die Schuld an allem. Felicity starb kurz danach. Ein doppelter Schlag also. Gerade für einen Mann, der sicher davon überzeugt war, er könne mit allem und jedem fertig werden. Ich würde mich nicht wundern, wenn er immer noch schwer daran trägt.»

Jetzt war mir klar, was ihn so zu Elizabeth hinzog. Ich begriff, daß sie der perfekte Balsam für eine schuldbeladene Seele sein mußte. Aber wie verhielt es sich mit jener anderen Seite seines Wesens? Dieser «intensiven sexuellen Ebene»? War für die ebenfalls Elizabeth zuständig?

«Nun ja, vielleicht findet er ja noch eine edle Seele, die sich seiner annimmt.» Ich warf Helen ein Lächeln zu. Ich wollte diesem Dunstkreis der Intimität entfliehen, der sich immer dichter um uns schloß. Sie biß an. Und schlüpfte in ihre öffentliche Rolle zurück.

«Die findet man ja leider Gottes selten.» Sie erwiderte mein Lächeln.

«O doch, die findet man sehr wohl. Sie sind allerdings nicht weniger gefährlich.»

Wir ließen die Unterhaltung in Lachen ausklingen. Eine Unterhaltung, in deren Verlauf ich um einiges klüger geworden war, aber auch etwas von mir selbst preisgegeben hatte. Was ich eigentlich immer zu vermeiden versuchte.

16

Charles Harding hatte uns alle zum Mittagessen in sein Haus in Gloucestershire eingeladen. Wir würden nicht ohne Gastgeschenk zu ihm kommen, genauer gesagt: Wir würden ihm Elizabeth mitbringen. Er sollte sich vorsehen.

Dominick und ich fuhren schweigend über die Landstraßen. Am Morgen hatten wir wieder einmal ein Gespräch über unsere Ehe geführt. Er hatte neben mir gelegen, körperlich befriedigt oder erledigt – je nachdem, wie man es nahm –, eine vage, einsame Sinnlichkeit in seinen Zügen, die sich langsam verlor. Das blonde Haar hing ihm schlaff in die Stirn. Ohne die Brille wirkten seine Augen seltsam haltlos, während er mir übers Haar strich und flüsterte: «Ruth . . . du brichst mir das Herz.»

Ich seufzte. «Du hast das, was du immer wolltest. Mich.»

Wir sollten nie die Hand nach etwas ausstrecken, von

dem wir wissen, daß es nicht für uns bestimmt ist. Selbst wenn es durch irgendein Wunder in unsere Reichweite gerät.

«Weißt du, was eine Katastrophe ist, Ruth?»

«Ich glaube schon.»

«Nein. In der Mathematik. Weißt du, was man in der Mathematik unter einer Katastrophe versteht?»

«Nein.»

«Man versteht darunter ein System, das ein anderes stört. Du hast mich gestört. Du bist in mein System eingedrungen.»

«Allerdings. Nun, es gibt noch andere Arten einzudringen.»

Ich stand auf und ging unter die Dusche. Nach dem Eindringen. Die moderne Frau und ihre modernen Praktiken. So herrlich hygienisch.

«Diese Gespräche häufen sich in letzter Zeit.» Die Erinnerung an den Morgen verblaßte. Wir saßen mittlerweile im Auto.

«Vielleicht. Du wolltest mich doch unbedingt haben, Dominick. Und ich habe dir nie etwas vorgemacht. Komm! Es ist ein so schöner Tag. Sei kein Spielverderber! Es wird bestimmt interessant, Sir Charles in seinen eigenen vier Wänden zu erleben.»

Um jeden Preis wollte ich eine sichtbare Spannung zwischen Dominick und mir vermeiden. Es wäre zu häßlich. Zu entwürdigend vor Sir Charles. Also beschwichtigte ich ihn.

Eine Frau, die angebetet wird, kann sich alles erlauben. Besonders, wenn sie so wenig Fehler macht wie ich. Wir hielten uns die Waage: seine Liebe, meine Kälte. Ich fragte mich, ob Dominick klarwar, wie sehr er die Qual brauchte. Wahrscheinlich nicht.

Charles Hardings Haus, Frimton Manor Farm, brachte mich etwas aus dem Konzept. Es lag am Rande eines Dorfes in den Cotswolds, ein niedriges Steinhaus aus dem siebzehnten Jahrhundert. Statt der prunkvollen Herrschaftlichkeit, die ich erwartet hatte, strahlte es Ruhe und Frieden aus. Es duckte sich hinter einer Reihe von Kastanienbäumen am Ende einer kurzen, pappelgesäumten Einfahrt.

Er empfing uns in der Vorhalle und führte uns von da in einen niedrigen Salon, in dem ein prasselndes Feuer, tiefe Lehnstühle und ein alter Teppich auf dem dunklen Holzboden längst vergangene Zeiten beschworen. Das Haus hatte nichts Verlogenes an sich, sondern ruhte in sich selbst. Und wenn es von Geistern heimgesucht wurde, dann wahrscheinlich nur deshalb, weil diese sich hier wohl fühlten.

Es folgten die üblichen Höflichkeitsfloskeln.

«Wie lange wohnen Sie schon hier?» fragte ich.

«Seit meiner Kindheit.»

«Wie reizend.» Großer Gott.

«Und seit wann befindet sich das Haus im Besitz Ihrer Familie?»

«Mein Vater hat es gekauft. Ich glaube, als er heiratete.»

Pause.

Er war höflich, aber sichtlich gelangweilt. Ich konnte es ihm nicht verübeln.

Erneut fuhr ein Auto vor, und eine Minute später stand Elizabeth in der Vorhalle. Ich sah, wie sein Gesicht sich anspannte. Keine Spur mehr von Langeweile. Ich hätte mir gewünscht, diese Dinge nicht so genau zu registrieren. Elizabeth, wieder in Schwarz, gab ihm kurz die Hand und küßte mich dann. O diese falschen schwesterlichen Küsse. Falsche Schwestern.

Nach einer weiteren Viertelstunde trafen auch meine Eltern ein. Das einfache Mittagessen wurde von einem Dienerpaar serviert, das ebenso Teil des Hauses zu sein schien wie das alte Silber und die schlichten weißen Servietten. Den Kaffee tranken wir in einem kleinen Wohnzimmer. Das Porträt einer dunkelhaarigen Frau im blauen Samtkleid blickte auf uns herab. Überraschenderweise war es Elizabeth, die eine Bemerkung über seine Schönheit machte.

«Es ist ein Bild von meiner Frau», sagte er.

Ein kurzes Schweigen.

«Es ist jetzt vier Jahre her . . . daß sie . . . starb.»

Allgemeines Beileidsgemurmel. Höflich. Kaum betroffener oder aufrichtiger als eine Entschuldigung, wenn man aus Versehen einen Schlafenden aufgeweckt hat. Aber die Gestalt auf dem Bild konnte jetzt durch nichts mehr gestört werden. Ob Felicity wohl jemals Sir Charles gestört hatte? Außer durch ihren Tod?

«Felicity liebte dieses Haus sehr. Sie liebte das Landleben. Sie fuhr fast nie nach London.»

«Und Sie?»

«Damals war ich sehr auf Beifall bedacht. Als ich jünger war, schien London dafür ein geeigneteres Pflaster als Frimton.»

«Und Sie haben ja auch eine Menge Beifall bekommen.» Das war mein Vater.

«Nun, ja. In meiner eigenen Welt.»

«Und auch international. Ihre Tätigkeit für...» Vater nannte den Namen einer weltweiten Hilfsorganisation für Flüchtlinge.

Noch mehr belangloses Geplauder über den Erfolg und seinen unerläßlichen Begleiter, das Engagement für eine gute Sache. Behutsam ließ Sir Charles ein Porträt von sich entstehen – ein äußerst einnehmendes Porträt. Für Elizabeth. Im Kreise ihrer Lieben.

Und indes er sich an sie heranpirschte, pirschte ich mich an ihn heran. Wie ich ihn so beobachtete, war ich mir nicht sicher, wer von uns der erfahrenere Jäger war.

Erinnerte Elizabeth ihn an Felicity? Äußerlich bestand keine Ähnlichkeit. Aber hatten sie vielleicht andere Eigenschaften gemein? Seelische Qualitäten? Wer vermag es zu sagen?

Unsere Erinnerungen – das Leben mit ihnen, der Kampf gegen sie – trüben den Blick auf den Alltag. Der Strauß aus Gefühlen, Klängen und Düften, den wir heute pflücken, ist zur morgigen Betrachtung bestimmt. Morgen würde Charles Harding den heutigen Tag in seinen Bildband der Vergangenheit aufnehmen. Und vielleicht würde auch ich darin einen Platz haben.

17

Was wird aus all der Zeit, die vergeht?
Sie wird zu Kindern, zu Jugendschönheit, zu Mann und Frau als Paar. Sie wird zu Trennung, zu Krebsgeschwüren, zu grauen Haaren. Und am Ende fegt sie uns hinweg. Eine vorbildliche Hausfrau, eine gewissenhafte Quartiermacherin für die nächste Generation.

Und die Zeit führte Elizabeth Charles Harding zu und machte aus ihnen ein Paar. Sie ging dabei rasch vor, leise, mit äußerster Diskretion. Es geschah alles so schnell, daß ich nur tatenlos zusehen konnte.

Die Witwe wurde dem Leben zurückgegeben. Die Intensität, mit der Charles sie umwarb, schien sie zu hypnotisieren. Und zweifellos verlangte es sie insgeheim danach, für andere zu leben. Vor allem für ihren Sohn, Stephen. Damit trat ein neuer Spielplan in Kraft. Mit neuen Akteuren. An Wochenenden und zu festlichen Anlässen vereinnahmte Lexington Charles Harding ganz so, wie einst Hubert vereinnahmt worden war.

William und Stephen, «die Jungen», wuchsen noch enger zusammen. Sie gingen liebevoll miteinander um. Und in ihren kindlichen Kämpfen schienen sie fair zu sein. Aber wer vermag das schon zu beurteilen?

Durch kleine, verstohlene Schachzüge vertiefte ich meinen Einfluß auf Stephen, Elizabeths Sohn. Ganz besonders in den ersten Jahren ihrer neuen Ehe. In dieser Zeit, da Charles eine Beziehung zu seinem Stiefsohn aufzubauen versuchte, knüpfte ich ein engeres Band zwischen mir und meinem ... meinem was? Neffen? Nein. Falsche Schwester. Falscher Neffe.

Elizabeth war eine ruhige, sanfte Mutter. Liebevoll und gütig. Stephen betete seine Mutter an, daran gab es keinen Zweifel. Aber meine Gesellschaft war die fesselndere. Behutsam sorgte ich dafür, daß seine Bewunderung noch wuchs.

Ich war eine faszinierende Tante. Ich hatte etwas Ungezähmtes an mir, eine Verwegenheit, die Elizabeth nicht besaß.

Von allen Besitztümern Elizabeths war Stephen mir am leichtesten zugänglich. Irgendwie paßten unsere Wesen zusammen. Wir schlugen beide aus der Art, vielleicht war es das.

Es verschaffte mir tiefe Genugtuung, wenn er während jener Besuche in Lexington ausrief: «Tante Ruth, du bist so witzig», oder: «Ach, komm schon, Tante Ruth. Stell mich auf die Probe», oder: «Nimm mich ruhig in die Zange, Tante Ruth», oder auch: «Komm, gehen wir, Tante Ruth. Gehen wir.»

Ja, es verschaffte mir Genugtuung, meine Macht so spielen zu lassen. Und meine Genugtuung wäre noch größer gewesen, hätte ich je den Eindruck gehabt, daß es Elizabeth etwas ausmachte. Aber sie blieb gelassen und heiter.

War diese Gelassenheit ein Fehler? Kann man sie wirklich gutheißen?

18

Im Lauf der Zeit stellte ich fest, daß ich alles an Charles Harding genauestens registrierte. Ich verspürte eine Art Heißhunger nach Einzelheiten. Sein Körper hatte etwas Kompaktes an sich, als besäße er keinen Hohlraum. Als wäre er eine Statue. Seine Beine ließen nicht an Geschwindigkeit denken, sondern an Kraft. Und wenn er vor einem Fenster stand, dann verursachte er eine Sonnenfinsternis.

Wenn er mit anderen sprach, spürte ich jedes Wort auf meiner Haut. Sprach er dagegen mit mir, nahm ich ihn jedesmal nur verschwommen wahr.

Manchmal, wenn ich ihn ansah, dachte ich an die Geschichte, die Helen mir erzählt hatte. Ich konnte sie unmöglich gegen ihn verwenden, das war mir klar.

«Elizabeth freut sich immer so auf eure Besuche.»

Charles und Elizabeth hießen uns in Frimton Manor willkommen.

Dominick holte unser Gepäck aus dem Kofferraum.

Elizabeth lächelte und breitete die Arme aus. Stephen rannte William und mir entgegen.

Dann: Elizabeths Kuß.

«Charles hat recht. Schon der Gedanke an euer Kommen macht mich glücklich.»

Manchmal ekelte mich Elizabeths Glücklichsein. Buchstäblich. Ich empfand Ekel.

«Aber du siehst uns doch regelmäßig am Wochenende in Lexington.»

«Ja. Natürlich. Aber es ist nicht dasselbe. Hier wird euer Besuch zu etwas ganz Besonderem.»

Charles ging es blendend. Der Mogul verbrachte jetzt nur noch vier Tage pro Woche im Büro. «Bis über beide Ohren verliebt», hatte ich in einer Illustrierten im Wartezimmer eines Arztes gelesen. «Bis über beide Ohren verliebt» in seine neue Frau – «die Künstlerin Elizabeth Ashbridge».

Elizabeth Ashbridge ist keine Künstlerin, hatte ich gedacht und ob der Unbedarftheit des Blattes geseufzt. Elizabeth Ashbridge ist eine leidlich begabte Malerin von Himmeln.

Wir setzten uns zum Essen – vereint durch das Blut, die Liebe und den Haß, eine ziemlich häufige Kombination – und tranken auf den neuesten Erfolg von Dominick, diesem Mann, der in meinem Leben schon viel länger eine Rolle spielte als von mir geplant. Er war gerade zum Leiter der Statistikabteilung im Finanzministerium aufgestiegen.

«Du mußt so stolz auf ihn sein, Ruth.»

«Ruths Stolz ist, wie so viele andere Dinge an ihr, wohlgezügelt», erwiderte Dominick.

«Oh, aber insgeheim strahlt sie richtiggehend.» Elizabeth erhob ihr Glas.

Charles wandte sich an mich. «Ruth, wenn William größer ist, möchtest du dann immer noch diesen Buchverlag gründen, von dem du einmal gesprochen hast?»

«Schon möglich. Wieso?» Das ist nicht der Ton, in dem ich mit dir reden wollte. Das sind die falschen Worte.

«Ruth, du hattest doch so viele gute Ideen. Was für Bücher du verlegen wolltest. Charles hat recht. Es wäre wirklich ...» Elizabeth als meine Fürsprecherin.

Wer bist du, daß du zu wissen glaubst, was das richtige für mich ist? Wie könnt ihr es wagen, über mein Leben zu sprechen? Ihr beide. Als Paar. Besorgt um mein Glück.

«Ach, ihr macht mir so viel Mut. Aber Dominick ... weiß nicht so recht. Oder, Liebling?»

«Ruth würde sicher alles, was sie in die Hand nimmt, großartig machen. Und auf jeden Fall ist es eine interessante Idee. Aber sie hat Zeit – William ist noch so jung, und Ruth ist gerne möglichst viel mit ihm zusammen», antwortete Dominick in meinem Namen.

«Was für ein Buch würdest du denn als erstes herausbringen, Ruth?» fragte Charles. «Irgendeinen gewagten Roman eines unbekannten jungen Schriftstellers?»

«Auf gar keinen Fall.»

«Warum?»

«Es gibt ohnehin schon genügend Bücher auf der Welt.»

«Jetzt bin ich aber erstaunt.»

«Ich gebe mir stets Mühe, dich wenigstens... zu erstaunen.»

«Aber...», begann Dominick.

«Ich glaube, Ruth nimmt uns auf den Arm.»

O Elizabeth!

«Ganz und gar nicht. Ich würde gerne ein paar Kuriositäten neu herausgeben – *Das Gesetz der Spartaner* zum Beispiel oder *Ein Erotisches Tagebuch*, und zwar im Taschenbuchformat. Mein erster Titel wäre *Enzyklopädie des Satans.*»

Schweigen. Weder Elizabeth noch Charles lächelten.

«Davon habe ich noch nie gehört.»

Wie solltest du auch, Elizabeth.

«Ist es amüsant?» wollte Charles wissen.

«Ja.»

Mein Mann sah mich an.

Charles sagte: «Du bist sehr schwer zu durchschauen, Ruth.»

«Was für eine außergewöhnliche Behauptung, Charles. Ich halte mich für sehr offen.»

«Du bist es aber nicht. Nun, solltest du dich entschließen, deinen Plan später irgendwann weiterzuverfolgen, helfe ich dir gerne. Aber erst müßte ich wissen, ob es sich dabei um deine private Liebhaberei handelt, oder ob du damit den Publikumsgeschmack triffst.»

«Worauf würdest du tippen, Charles?»

«Ich würde sagen, letzteres eher nicht.»

«Weißt du, Charles, du kannst Ruth sehr gut einschätzen.» Ich bemerkte den Unterton, der in Dominicks Worten mitschwang.

«Nicht besser als du, Dominick.»

«Das Undurchschaubare, das, was uns verborgen ist, fasziniert uns immer besonders.»

«Da hat Dominick recht.» Das war Elizabeth.

Und was verstehst du schon von verborgenen Dingen, Elizabeth? Du, die seit Jahren Seite an Seite mit meinem Haß lebt. Ohne ihn auch nur zu ahnen.

«Ich kenne Ruth schon länger als ihr alle. Was sie vor allem versteckt, ist ihre unerhörte Begabung ... weil sie nämlich ...»

Dominick lachte. Oder stieß vielmehr einen jähen Laut aus, der sich des Mechanismus bediente, den wir gemeinhin als Lachen bezeichnen. Das plötzliche Auseinanderklaffen der Kiefer ... der Drang, die Luft durch die Lungen auszustoßen. All diese Mühe, um seinen Schmerz zu kaschieren.

«Ah, das muß ihr Wagen sein.» Charles stand auf. Meine Eltern waren über Mittag bei einem ehemaligen Regimentskameraden meines Vaters eingeladen gewesen, der in der Nähe wohnte, und kamen nun zum Kaffee zu uns herüber.

«Gehen wir doch in den Garten und schauen, was die Jungen machen.»

Wir alle wurden zum Publikum. Wir sahen zu, wie ihre drahtigen kleinen Beine in vollem Lauf aufeinanderprallten und doch nicht zerbrachen. Und in unseren Köpfen gellten Schreie, die uns das Blut in den Adern hätten gefrieren lassen, hätten wir nicht die Jungen beobachten dürfen, deren Spiel die Schreie in Gelächter verwandelte.

Ihre Körper, warme, schmutzige Knabenleiber, warfen sich gegen die unseren. Wir drückten sie fest an uns, und sie, wie sich das für Jungen gehört, entwanden sich unserer Umarmung.

«Ich war bei der Marine», antwortete Charles auf eine Frage meines Vaters.

Wir schlenderten zum Haus zurück. Es war der elfte November, der Jahrestag des Waffenstillstandes von 1918.

«Ach ja. Die Kriegsmarine.» Mein Vater lächelte Charles zu. Ein kurzes Schweigen trat ein. Mein Vater war als junger Pilot in Kriegsgefangenschaft geraten und hatte ein Jahr in Colditz verbracht. Er sprach nie darüber. Sein älterer Bruder Michael war über Berlin ums Leben gekommen. Wenn mein Vater seinen Namen erwähnte, war mir immer, als salutiere er dabei schweigend vor einem Geist.

«Daran merke ich, wie alt ich geworden bin», sagte er mit einem Seufzer, als wir ins Haus traten. «Endlich ist es mir dann und wann möglich, still für mich die Toten zu beweinen. Gerade heute sollten wir uns für das Opfer erkenntlich zeigen, das sie gebracht haben. Es hatte etwas Glorreiches.»

Die Worte klangen wie eine abschließende Zusammenfassung seiner Sicht auf eine Welt, von der er nun langsam Abschied zu nehmen begann.

Später lag Dominick nackt neben mir auf dem Bett. Um Männerkörper geschlungen, wirken Laken seltsam fehl am Platz. Sie sind eine Zierde, die nur der Frau gebührt. Als die Nacktheit sich auf mich zubewegte, sah ich die Choreographie wieder klar vor mir. Und auch danach. Mein kaltes Auge. Prüfend. Ob er, so fragte ich mich, in der Kälte dieses Auges wohl Frieden fand?

19

Es schien Elizabeth zu grausam, mir die Nachricht vom plötzlichen Tod meines Vaters durch einen Herzinfarkt telephonisch zukommen zu lassen. Also schickte sie Charles zu mir. Um vier Uhr morgens. Sie wußte, daß Dominick William mit nach Amerika genommen hatte, zu einem Besuch bei seinen Eltern. Sie wußte, daß ich allein war.

Sie gab mir die Chance, auf die ich gewartet hatte. Ihr Vertrauen zu mir, ihre Güte mir gegenüber gaben mir die Chance, auf die ich gewartet hatte. Und ich ergriff sie. Ich würde später trauern. Jetzt, in diesem Moment, konnte ich vielleicht diesen Mann erkennen, Elizabeths Mann, und durch ihn sie.

Als Charles die Arme ausstreckte, um mich zu trösten, fing ich das Mitgefühl in seinem Blick ein und wandelte es um in etwas anderes. Denn das war meine große Gabe. Ich wußte, wie man den innersten Kern traf. In dem Augenblick, da er sich zu mir beugte, bewegte ich mich in einer Weise, daß er mit seinem ganzen Gewicht gegen mich taumelte, als ich kraftlos vor Trauer und Verlangen zusammenbrach.

Als ich die Augen aufschlug, sah ich in seinem Gesicht erste Anzeichen für meinen bevorstehenden Triumph. Ich konnte sehen, daß er sehr wohl wußte, wie ihm geschah. Aus Erfahrung. Und daß Bedürfnisse, tief begrabene Bedürfnisse aus der Vergangenheit, ihn mir in die Arme trieben. Er brauchte das Bewußtsein der Sünde. Als Brücke zu seinem früheren Leben.

Langsam öffnete ich die Tür zu meinem Ankleidezimmer. Er folgte mir die Stufen hinunter. Ich hatte gewußt, daß er mir folgen würde. Dann, nackt, die Arme über den Kopf erhoben, streifte ich mir Elizabeths seidenen Unterrock über – ewige Lockung. Und mir war, als sähe ich Elizabeth neben mir stehen.

Ich legte mich auf den Boden, und er kroch auf allen vieren über mich und packte mein Haar. Als wolle er es verschlingen. Und dann lösten wir uns voneinander und standen uns gegenüber, jeder an einem Ende des schmalen Zimmers. In mir zuckte das Bild meines Vaters auf. Und verlor sich. Denn ich erinnerte mich, daß bereits bei meiner Geburt keine Hoffnung mehr für unsere Beziehung bestanden hatte. Die alte Wut zermalmte den Schmerz, der in mir aufsteigen wollte. Und ich akzeptierte, daß es nun für alles zu spät war.

Mein Blick zwang Charles in die Knie und brach seinen Widerstand. Wie unter Hypnose näherte er sich mir von neuem.

Ich nahm Elizabeths unbefleckten schwarzen Schuh und leckte mit der Zunge über den Absatz. Ich reichte ihn ihm. Und legte mich schweigend auf den Boden. Den Blick unverwandt auf das Gesicht über mir geheftet. Langsam, die Linien meines Körpers nachzeichnend, ließ er den schimmernden Absatz von Elizabeths Schuh an mir abwärts wandern. Dann zögerte er. Ich richtete mich halb zu ihm auf, denn ich sah die Angst in seinen Augen. Ich wollte ihm Mut einflößen. Vorsichtig, wie in Trance, folgte er meinem Willen. Und zum erstenmal weinte ich um das, was aus mir geworden war. Ich ließ mich selbst immer weiter zurück und folgte Charles durch sein Grauen und sein Entzücken auf jenes verborgene Antlitz im Fels zu, das er so ahnungslos zu meißeln begonnen hatte.

Es war so, wie ich es mir immer vorgestellt hatte. Elizabeth lag besiegt unter ihrem schwarzen Unterrock. Den ich ihn nicht herunterstreifen ließ. Ein langvergessenes Zitat kam mir wieder ins Gedächtnis. *Je est un autre.*

Ich badete und zog mich an – Ruths Kleider. Schweigend fuhren wir ins Krankenhaus. Ich küßte meine Mutter. Sie hielt sich so untadelig in ihrer Trauer, wie es zu erwarten gewesen war. Elizabeth breitete die Arme aus, drückte mich an sich und flüsterte mir Worte des Trostes zu. Vielleicht ein Eingeständnis, daß er mein Vater war, mein richtiger Vater. Nicht ihrer. Ein zu heikles Thema, um die Sprache darauf zu bringen.

Charles saß neben meiner Mutter, hielt ihr die Hand und sah mich nicht an. Zuletzt brachen wir alle nach

Lexington auf. Charles fuhr uns. Die Witwe und zwei Ehefrauen. Eine davon die seine.

Eine Familie von Erwachsenen, die ihr Oberhaupt beweint, trägt ihre Trauer gemessen. Denn bei alten Menschen haftet selbst noch einem plötzlichen Tod das Bewußtsein an, daß er nicht unangekündigt eintritt.

Während ich in der Kirche stand, wurde meine Trauer grell aufgehellt durch das Licht eines nicht enden wollenden Films, der in meinem Inneren ablief: Charles und ich. Und unsere Körper. Ich sah Charles an, verstohlen, bohrend. Hatte Dominick mir nicht einmal erklärt, daß gewisse Objekte ihre Struktur verändern, wenn man sie anstarrt? Bist du noch derselbe Mann, Charles? Bin ich noch dieselbe Frau?

Ich stand neben Dominick, der noch erschöpft war von seinem nächtlichen Rückflug von Amerika. Und dachte an die Lüge des Körpers und an die des Geistes.

Beim Abendessen sagte uns meine Mutter, daß sie in Lexington wohnen bleiben würde. «Es ist der Ort, wo wir unser gemeinsames Leben verbracht haben. Hier fühle ich mich ihm am nächsten. Schließlich war es ja auch viele Jahre lang so, daß John die Woche über in London war und nur am Wochenende heimkam. Ich fände es sehr schön, wenn wir alle uns an den Wochenenden sehen könnten. Ja, das wäre herrlich. Ihr wißt ja, wie ich mich immer über die Kinder freue... wie wir uns immer über sie gefreut haben.»

Wir wußten, daß Alice und Ben, die schon etliche Jahre bei uns waren, gut für sie sorgen würden. Unter

Beteuerungen, daß wir nach wie vor zu Wochenendbesuchen nach Hause kommen würden, verließen wir Lexington. Dominick flog noch einmal für eine Woche nach Amerika zurück. Er würde zusammen mit William wiederkommen. Wir hatten eine plötzliche Heimreise zu einem Begräbnis als zu belastend für William empfunden und ihn deshalb bei seinen Großeltern gelassen. Elizabeth und Charles fuhren nach Frimton.

Ich wartete in London. Es war jetzt an Charles, die Initiative zu ergreifen.

20

Zwei Tage später erschien sein Gesicht auf dem Videoschirm der Sprechanlage. Verzerrt und maskenhaft. Dann stand er im Türrahmen.

«Ich habe einen Schlüssel, weißt du. Für die Haustür. Und einen zu . . . Elizabeths . . .»

«Atelier?»

«Ja. Elizabeth ist in Frimton. Ruth, ich will das, was zwischen uns vorgefallen ist, nicht durch Entschuldigungen oder Erklärungen herabwürdigen. Es gehört jetzt zu unserem Leben.»

Ich nickte.

«Ruth, ich habe lange darüber nachgedacht, was ich dir sagen soll.»

Ich wartete schweigend.

«So etwas erfordert einiges an Überlegung, Ruth. Es ist eine schwerwiegende Angelegenheit.»

«Und wir handeln in vollem Wissen. Wenn auch vielleicht nicht länger aus freiem Willen.»

«Was?»

«Ach, das ist eine Definition. Von der Sünde.»

«Meine Frau ... meine erste Frau war katholisch. Stimmt, daran kann ich mich erinnern. Wissentlich sündigen. Und willentlich. Schwerwiegende Sache.»

«Genau.»

«Aber du bist doch gar nicht katholisch, Ruth.»

«Nein. Aber die Religion hat mich schon immer fasziniert.»

«Oh.»

«Du bist erstaunt?»

«Wirklich sehr, mein Liebes.»

Ah ... ‹mein Liebes›.

«Ich nehme an, jetzt willst du eine Art Absolution.»

«Nein. Nein, ich will dir sagen, daß ...»

Sag mir nichts, Charles. Sag mir nichts. Ich bin vertraut mit der Sünde.

«Laß mich raten. Ich vermute, du bist gekommen, um mir zu sagen, daß ‹so etwas nie wieder geschehen wird›, und um mich zu warnen.»

«Du beleidigst uns beide.»

Ich würde siegen, vielleicht.

«Wir haben die Wahl. Das klingt jetzt sicher sehr kalt. Sehr berechnend. Das mußt du mir verzeihen. Also, wir haben die Wahl zwischen Ordnung oder Chaos.»

«Gut, und was verstehst du unter ‹Ordnung›, Charles?»

«Die Ordnung der Entsagung. Oder die Ordnung des ... Betrugs.»

«Und Chaos? Was bedeutet dann Chaos?»

«Das Chaos des Entdeckt-Werdens. Und der Zerstörung unserer Familien.»

«Also?»

«So wie ich das beobachten konnte, bist du, Ruth, für den geordneten Betrug geschaffen.»

«Und du selbst?»

«Ich weiß es nicht genau. An der Oberfläche vielleicht ja. Sogar noch mehr als du. Aber ich weiß es nicht.»

«Elizabeth?» fragte ich versuchsweise.

«Regel Nummer eins, Ruth: Du darfst niemals Elizabeths Namen in den Mund nehmen, wenn wir zusammen sind . . . so wie jetzt.»

«Regeln?»

«Ja. Wir sind einander ebenbürtig, Ruth.»

«Vielleicht.»

Zwei Kinder im Dunkeln allein, die niemals glücklich gewesen sind und niemals gut.

21

Und so begann für mich, die ich mich eine Meisterin in fast allen Dingen wähnte, meine Lehrzeit bei Charles Harding.

Ich hatte ihn für mein Opfer gehalten. Aber seine Bereitschaft war größer gewesen, als ich mir klargemacht hatte. Ich hatte ihn in die Falle locken wollen. Und saß nun selbst in der Falle, in einer Welt, die ich selbst erschaffen hatte. Und in der er zum Herrscher wurde.

Nichts hatte mich vorbereitet auf diesen meinen Hunger, der mich sicherlich restlos verzehren würde, wenn ich ihn nicht stillen konnte.

Charles zeigte sich nicht kalt gegenüber meinem Verlangen – auch er hatte Bedürfnisse. Doch er konnte seinem Begehren Grenzen setzen. Während es für mich keine gab. So lernte ich ihn fürchten. Aber ich verriet Charles nichts von meiner Furcht. Wozu seinem Beherrscher auch noch Waffen an die Hand geben? Er war bereits stark genug.

Charles war der Stärkere. Und der Stärkere wird immer gefürchtet. Stimmt der Satz, daß es besser ist, gefürchtet zu werden als geliebt? Noch besser ist es, zugleich gefürchtet und geliebt zu werden. Können Furcht und Liebe nebeneinander bestehen? Sie tun es fast immer.

Warum liebt man als Kind? Aus Angst davor, allein gelassen zu werden. Ist es bei der Liebe das gleiche? Aber Liebe ist nicht das richtige Wort dafür. Welches Wort trifft zu, wenn ein Körper den anderen am Leben hält? Ich war von Dominick angebetet worden. Ich hatte seine Angst gesehen. Davor, allein gelassen zu werden.

Jetzt war ich an der Reihe. Das ließ sich nicht verhindern. Jetzt war ich dran. Mit dem Schmerz. Mit der Erkenntnis. Mit dem Wissen, von dem man wünscht, es nie erlangt zu haben. Aber eine Flucht ist nicht möglich. Und niemand kann einem die Selbsterkenntnis abnehmen.

Elizabeths Atelier ging ein in die Geometrie meiner Lust. Und einmal, dieses eine Mal nur triumphierte ich über die blinden blauen Himmel, die sie gemalt hatte. Schweigend, wenngleich unter Seufzern. Und Elizabeths ... Sachen ... gingen immer tiefer ein in die Geometrie meiner Bedürfnisse.

Im Lauf der Jahre wurde die Lüge zur Gewohnheit. Wir spielten unsere Rolle gut. Durch mein Vorleben mit seinen vielen kleinen Verstellungen hatte ich es in dieser fragwürdigen Kunstform zu großem Geschick gebracht.

Hatte Charles sich schon von Jugend an in Verrat

geübt? Oder war diese Fertigkeit ganz plötzlich zur Blüte gelangt, während jener kurzen, verhängnisvollen Beziehung vor so langer Zeit? In dem Jahr, in dem Felicity gestorben war.

Vielleicht war es auch einfach eine angeborene Begabung. Ich fürchtete ihn zu sehr, um nachzubohren.

Und manchmal fragte ich mich, ob er denn gar keine Angst hatte vor einer neuerlichen Tragödie. Oder war er durch Elizabeths Unschuld und Güte gegen alles gefeit?

Unsere gemeinsamen Stunden, die sich mühelos einrichten ließen – schließlich hatten wir beide Zugang zu vertraulichen Informationen –, waren von zwanghafter, verbissener Wildheit und führten nie zur Befriedigung. Sie schraubten sich wie eine Wendeltreppe in Gemächer hinab, deren Türen wir besser nie geöffnet hätten. Und ich ging voran. Meine erste Besessenheit führte zur nächsten.

22

William Garton | Sommerquartal
Alter: 12 | Klasse: 1 A

Zeugnis

William ist ein sehr stilles Kind, in mancher Hinsicht fast altmodisch. Er ist aber beliebt bei seinen Mitschülern, auch wenn er, was wir ja schon einmal zur Sprache gebracht haben, im Lauf des Schuljahres wiederholt unter den Einschüchterungsversuchen von zweien seiner etwas rauhbeinigeren Klassenkameraden zu leiden hatte.

Wie Sie aus den Gutachten der anderen Lehrer ersehen können, sind Williams schulische Leistungen sehr zufriedenstellend, ganz besonders in Mathematik – kein Wunder, bei der Familie! Wir freuen uns schon darauf, seine Entwicklung weiterzuverfolgen, wenn er im September zu uns zurückkehrt.

Andrew Brown, *Hausvorsteher*

Williams Gewissenhaftigkeit bei der Arbeit und sein ruhiges und freundliches Betragen haben dafür gesorgt, daß sein erstes Jahr bei uns rundum erfolgreich verlaufen ist. Weiter so, William!

BROUGHTON WEST, *Direktor*

Williams Latein ist sehr ordentlich. Eine äußerst anerkennenswerte Leistung, wenn man bedenkt, daß seine Vorkenntnisse in diesem Fach bei seiner Ankunft hier doch einiges zu wünschen übrigließen.

CARL DONN, *Latein*

William macht gute Fortschritte in Französisch. Seine Hausaufgaben erledigt er immer vorbildlich. Gut gemacht, William. Wie ich höre, plant die Familie dieses Jahr einen Frankreichaufenthalt. Das könnte Williams Aussprache, die oft ein bißchen schwerfällig klingt, guttun.

ALISTAIR KNIGHT, *Französisch*

William ist Klassenbester in Mathematik. Ich habe den Verdacht, daß dies nur in sehr geringem Maße mein Verdienst ist. Vererbungs- oder Erziehungssache? In seinem Fall ausnahmsweise einmal kein Streitpunkt!

DUNCAN HEYCHURCH, *Mathematik*

William kommt in Englisch gut voran. Er ist sehr fleißig. Seine schriftlichen Arbeiten sind außergewöhnlich sauber und ordentlich. Meines Erachtens geht ihm aber ein bißchen Stilempfinden ab. Mehr lesen könnte da nicht schaden. Ich habe eine Liste mit Büchern zusammengestellt und beigelegt, die ich als Ferienlektüre empfehle. Tut mir leid, William!

JAMES SANDERS, *Englisch*

William ist im Unterricht immer bei der Sache. Er kommt gut voran, und seine Beiträge im Klassenzimmer sind stets interessant und konstruktiv.

MICHAEL MOORE, *Erdkunde*

William ist ein guter Schüler. Er hat ein ausgezeichnetes Gedächtnis für Namen und Daten. Seine Aufsätze sind hieb- und stichfest, aber es fehlt ihnen (im Moment noch) das ‹gewisse Etwas›.

BRIAN JOHNSON, *Geschichte*

Ein Maler ist an William leider nicht verlorengegangen. Er ist ein sehr angenehmer Schüler und bemüht sich nach Kräften. Allerdings sollten wir doch bereits zu diesem frühen Zeitpunkt in Erwägung ziehen, das Fach nach der Mittleren Reife ganz abzulegen.

MILES MASTERSON, *Kunsterziehung*

William ist ein hervorragender Tennisspieler. Er war beim letzten Turnier gegen Eton ein würdiger Vertreter unserer Schule. Er ist ein tüchtiger Schwimmer, und wenn er erst seinen Atemrhythmus gefunden hat, wird auch an seiner Geschwindigkeit nichts mehr auszusetzen sein. Turnerisch hapert es ein bißchen – aber man kann eben nicht alles haben. Herzlichen Glückwunsch zum ersten Platz bei den Schultennismeisterschaften für die Zwölf- bis Sechzehnjährigen, William!

ARTHUR CALDWELL, *Leibeserziehung*

William hat in diesem Quartal im Werkunterricht ein sehr beachtliches Schränkchen gezimmert. Das Fach scheint ihm Spaß zu machen.

CORIN MORGAN, *Werken*

Williams Gesundheitszustand im letzten Quartal war sehr zufriedenstellend. Wie Sie wissen, neigt er in Streßsituationen zu leichtem Stottern. Ich bin überzeugt, daß sich das geben wird. Alles in allem ein gesundes und fröhliches Kind.

MEGAN OWYSTON, *Schulschwester*

Darunter ein paar Daten. Für den Beginn des nächsten Quartals. Kommende Zeit. Strukturiert. Wohlgeordnet.

Vertraulich

Sehr geehrter Sir Charles und Lady Harding,

Stephen ist begabt und charmant. Eine sehr anziehende und möglicherweise gefährliche Mischung. Wir haben dies bei früherer Gelegenheit bereits hervorgehoben. Der Zwischenfall im Turm, der an sich noch kein

Grund zur Sorge wäre, darf jedoch nicht einfach übergangen werden. Er sollte, so will mir scheinen, uns allen zur Warnung dienen.

Mag Blake auch der Ansicht sein, daß der ‹Pfad der Unmäßigkeit› zum ‹Palast der Weisheit› führt, so bestätigt doch der Gang der Geschichte diese Auffassung keineswegs. Ich behaupte nicht, daß Stephen ein Genie ist. Seine Intelligenz liegt jedoch erheblich über dem Durchschnitt. Es kann nicht schaden, Drydens berühmten Ausspruch im Hinterkopf zu behalten: «Gar eng am Wahnsinn siedelt das Genie, und eine dünne Wand nur scheidet sie.»

Meines Erachtens wird Stephen die innere Gelassenheit, die ihm so nottut, nur dann entwickeln, wenn er in einem kleineren Haus untergebracht ist, wie wir es im kommenden Quartal für unsere ‹Hochbegabten› einrichten wollen. Das Haus soll vom Ehepaar Trent geleitet werden. Es wird Sie vielleicht interessieren, daß Mrs. Trent auf bescheidene Weise selbst Künstlerin ist – eine Landschaftsmalerin. Sie und ihr Mann sind zwei außerordentlich gütige und verständnisvolle Menschen.

Dem beigefügten Zeugnis können Sie entnehmen, daß Stephens Leistungsbild unausgeglichen ist. Während er in manchen Fächern glänzt, fehlt ihm in anderen jegliche Disziplin.

Da es Ihnen nicht möglich war, sich zu dem von mir vorgeschlagenen Treffen gegen Ende des Quartals einzufinden, war es mir ein Anliegen, meine Meinung zumindest schriftlich zum Ausdruck zu bringen.

Seit der Tragödie, die meinem eigenen Sohn widerfahren ist, habe ich weniger Skrupel, Eltern auf die Gefahren hinzuweisen, die bei jenem außerordentlichen Wagnis der Kindererziehung am Wege lauern.

Hochachtungsvoll BROUGHTON WEST, *Direktor*

Ich fand diesen Brief viele Jahre, nachdem er geschrieben worden war. Elizabeth nahm nichts mit, als sie ging.

Erinnerungen. Stimmen, undeutlich und fern. Aber die Erinnerung ist nie ganz unverfälscht. Was wir uns ins Gedächtnis rufen, ist bereits eingefärbt von dem Leben, das wir seither gelebt haben.

Waren sie echt – klangen sie, wie sie damals geklungen hatten –, diese jugendlichen Stimmen, die nun das Zimmer zu erfüllen schienen? Dieser Unterton von Wut in Stephens trotzigem Lachen, hatte es ihn wirklich so gegeben? Als er dagestanden und alle Vorwürfe der Leichtfertigkeit abgestritten hatte während des Verhörs, durch das Charles Licht in den «Zwischenfall im Turm» zu bringen versuchte? Und Williams leidenschaftliches Eintreten für seinen Helden – war seine unschuldige Verehrung durch gar nichts getrübt?

Vielleicht erliegen wir, wenn wir zurückhorchen in die Vergangenheit, der Verlockung von Geistermusikanten. Ich wandte mich zu ihnen hin. So, als hätte sich eine Strähne meines Haares in den Instrumenten verfangen, auf denen sie zu spielen schienen, wurde ich in einen Strudel verflossener Zeit gezogen. Und ich hörte Williams Stimme.

«Onkel Charles, bitte ... du mußt versuchen, dir das vorzustellen ... Stephen da oben auf der Brüstung, hoch über uns allen. Wahnsinn, wie mutig das von ihm war, Onkel Charles. Und Hendricks, dieser gräßliche, fiese, hundsgemeine Hendricks, steht unten im Hof und kann nicht weg, und Stephen ruft:

‹Freunde, Kameraden, Vertrauensschüler, hört mich an:
Anprangern will ich Hendricks, nicht ihn preisen.
Was Drangsalierer übles tun, das überlebt sie.
Die Feigheit wird in ihren Zeugnissen oft begraben.
So sei's mit Hendricks nicht.›

«Und dann, Onkel Charles, kommt der Schulsprecher, Oldham, und schreit ... ‹Harding! Was zum Teufel soll dieser Unfug eigentlich?›

‹Er soll, Oldham, dich auf Ungerechtigkeit und Drangsaliererturn aufmerksam machen.›

Oh, Onkel Charles, du wärst so stolz auf Stephen gewesen. Bitte laß mich zu Ende erzählen. Bitte.»

«Na gut, William. Also dann, mach weiter.»

Charles stieß einen ergebenen Seufzer aus und nickte zu William hinüber, der glühend vor Erregung in seiner Erzählung fortfuhr, mit verschiedenen Stimmen für die verschiedenen Rollen. Stephen indessen trat von einem Fuß auf den anderen, verlegen, aber insgeheim doch angetan von diesem Loblied auf seine Verwegenheit.

«‹Verdammt noch mal, Harding, du bist ja noch nicht

einmal trocken hinter den Ohren ... du hast mich hier auf gar nichts aufmerksam zu machen.›

‹Wie, Oldham? Bist du denn kein ehrenwerter Mann?›

‹Runter mit dir, Harding, aber ein bißchen plötzlich.›

‹O Urteil, du entflohst zum blöden Vieh ... Nimm dich in acht, Oldham ...›

Und dann, Onkel Charles, während die ganzen anderen Jungen mit den Füßen trampelten und ihn anfeuerten, verbeugte sich Stephen vor uns und kletterte von der Brüstung herunter.»

Die Stimme des Erzählers verklang. Und erstarb plötzlich ganz. Eine Minute lang saß ich da, ohne mich zu rühren. Dann nahm ich Stephens Zeugnis für das Sommerquartal in die Hand. Er war damals vierzehn gewesen.

STEPHEN HARDING — Sommerquartal
Alter: 14 — Klasse: 3 A

Zeugnis

Stephen ist der geborene Geisteswissenschaftler. Er war seit seinem Eintritt in unsere Schule regelmäßig Klassenbester. Ich habe an seiner Leistung noch nie etwas auszusetzen gefunden, an der inhaltlichen Genauigkeit der Arbeiten ebensowenig wie an ihrer Form. Aus Gesprächen mit Kollegen habe ich den Eindruck gewonnen, daß nicht alle so erfreuliche Erfahrungen mit Stephen gemacht haben. Aber die anderen Jungen tragen ihm seine Überlegenheit in keiner Weise nach. Diese Feststellung allein sagt schon sehr viel über Stephen und seinen Charme aus. Ich freue mich darauf, ihn auch weiterhin unterrichten zu dürfen.

CARL DONN, *Latein*

Stephen hat eine angeborene Begabung für das Griechische. Er vereint das Herz eines Altphilologen mit dem Naturell eines Künstlers. Wir sind gespannt auf seine weitere Entwicklung!

XAVIER JAMES, *Griechisch*

Stephens Aufsätze sind in Wahrheit eher ‹Kurzgeschichten›. Sie zeugen von einer Reife, die ihresgleichen sucht. Sein leicht bizarrer Sinn für Humor nimmt seiner manchmal fast schon bedenklich übersteigerten Prosa den Stachel.

JAMES SANDERS, *Englisch*

Stephen ist ein hervorragender Schüler, besonders in französischer Literatur. Im Moment steht er ganz im Banne Baudelaires, aber ich denke, ich sollte Ihnen mitteilen, daß er sich weit intensiver mit diesem Autor beschäftigt hat als im Lehrplan vorgesehen. Und der ironische Gebrauch des Zitats «calme, luxe et volupté» in einem Besinnungsaufsatz zum Thema «Die Klassengemeinschaft» war des Guten zuviel! Ich habe Stephen verboten, sich mit *Die Blumen des Bösen* zu beschäftigen, und ich bin sicher, daß Sie damit einverstanden sind. Ich hoffe bloß, daß dies Stephens Begeisterung für das Fach Französisch nicht dämpft.

ALISTAIR KNIGHT, *Französisch*

Die Mathematik ist nicht sein Fall. Mehr läßt sich eigentlich nicht sagen. Wir tun alles in unserer Macht Stehende, um ihm ansatzweise die mathematischen Grundbegriffe einzuprägen, aber meistens ohne Erfolg. Ich plädiere dafür, das Fach nach der Mittleren Reife ganz abzulegen. Mit weiteren Bemühungen wäre niemandem gedient. Stephen ist jedoch ein äußerst liebenswürdiger Schüler, und paradoxerweise ist es mir stets ein Vergnügen, ihn in der Klasse zu haben.

DUNCAN HEYCHURCH, *Mathematik*

Es ist meiner Meinung nach unklug, daß Stephen sich von einzelnen Fächern so gefangennehmen läßt, daß andere ihn nur noch zu langweilen scheinen. Die Geographie ist wichtig. Es ist mir nur einmal gelungen, ihn zu fesseln – bei einer Diskussion mit dem Thema ‹Geographie ist Geschichte›. Der Aufsatz, den er auf diese Diskussion hin geschrieben hat, war eine absolute Glanzleistung. Ich habe mir sogar erlaubt, ihn für den diesjährigen ‹Ovington-Preis› vorzuschlagen. Es wäre eine große Ehre für unsere Schule, wenn er tatsächlich prämiert würde, wenn auch nicht unbedingt besonders ‹erzieherisch› für Stephen. Das alte Dilemma.

MICHAEL MOORE, *Erdkunde*

Stephen interessiert sich sehr für Geschichte und ist immer unter den drei Besten der Klasse. Seine Aufsätze sind stilistisch ebenso bemerkenswert wie inhaltlich – ein in Historikerkreisen äußerst seltenes Phänomen! Er ist ein in jeder Hinsicht angenehmer Schüler und beteiligt sich rege an den Diskussionen.

ALEX DUNNINGTON, *Geschichte*

Obgleich Stephens Leistungen in Chemie recht befriedigend sind, stellte sein Verhalten bei den Experimenten in diesem Quartal bei ein oder zwei Gelegenheiten ein Sicherheitsrisiko dar. Eine ruhigere und überlegte Einstellung ist dringend vonnöten. Vielleicht wird seine Umquartierung in Mr. Trents Haus eine positive Wirkung haben.

COLIN THORNTON, *Chemie*

Stephen ist malerisch überdurchschnittlich begabt. Er ist jedoch nicht so ernsthaft bei der Sache, wie eigentlich zu erwarten wäre. Dennoch faszinieren seine Arbeiten unweigerlich durch ihre kühne Farbgebung und ihre originelle Sicht selbst der gewöhnlichsten Gegenstände. Er könnte uns alle in Erstaunen setzen – was die Malerei betrifft jedenfalls.

MILES MASTERSON, *Kunsterziehung*

Stephens turnerische Leistungen sind recht zufriedenstellend. Sein Tennisspiel ist akzeptabel – er scheint sich keine sonderliche Mühe zu geben, vielleicht, weil ihn die

Erfolge seines Vetters William entmutigen. Aufgrund seiner asthmatischen Veranlagung ist Schwimmen ‹nicht sein Lieblingssport›. Wir setzen unsere Bemühungen im Wasser fort – auch wenn Stephen dabei, fürchte ich, nicht ganz in seinem Element ist.

ARTHUR CALDWELL, *Leibeserziehung*

Stephen hatte in diesem Quartal zwei leichte Asthmaanfälle. Wir sind uns in zunehmendem Maße des psychosomatischen Aspekts bei diesem Leiden bewußt. Je ruhiger Stephen innerlich wird, desto besser ist das für seine Gesundheit. Seine Verlegung in das Haus der Trents findet meine volle Zustimmung. Ich empfehle eine solche Maßnahme schon seit längerem.

MEGAN OWYSTON, *Schulschwester*

Ich legte diese Zeugnisse, die ich mittlerweile fast auswendig kannte, in ihre schnitzereiverzierte Holzschachtel zurück und griff nach einem eselsohrigen alten Zeitungsartikel.

Der Künstler in seiner Zeit

Brannington Orchard, *Kunstkritiker*

Muß ein Künstler sich als gescheitert betrachten, wenn er unmodern malt? Jeder Künstler lebt in seiner eigenen ‹Moderne›. Halten wir vielleicht immer nur nach Marksteinen Ausschau, in der Hoffnung, mit Hilfe einer erkennbaren historischen Struktur etwas im Grunde seines Wesens Zeitloses dingfest zu machen, nämlich den schöpferischen Funken?

Ich werfe diese – vielleicht unbequemen – Fragen auf, weil es sich bei Miss Elizabeth Ashbridge um genau jenes unbequeme Phänomen handelt, von dem hier die Rede ist: eine unmoderne Künstlerin. Ihre Gemälde sind in den letzten zehn Jahren gelegentlich in Ausstellungen zu sehen gewesen, wurden von der Kritik jedoch kaum zur Kenntnis genommen. Aus der Sicht von Redakteuren, die über ‹trendgemäßere› Maler zu berichten haben, womöglich ein verständlicher Entschluß. Nichtsdestotrotz möchte ich die Behauptung wagen, daß wir in Miss Ashbridge, obgleich sie – im landläufigen Sinne des Wortes – nicht zeitgenössisch ist und obgleich sie der Kunst keine neuen Bereiche erschließt (und dieser Vorstoß in immer neue Bereiche ist es ja, der das wahre Genie ausmacht), daß wir in Miss Ashbridge trotz allem eine Malerin vor uns haben, die ernsthafte Beachtung verdient.

Ihre Passion sind Himmel. Englische Himmel vorwiegend, die eine wachsende Trostlosigkeit atmen. So, als würde die Spannung zwischen der Beengtheit unseres Daseins und der Freiheit und Weite des Himmels zusehends schwerer auf der Künstlerin lasten. Ein Vergleich zwischen einem früheren Werk, dem bezaubernden «Blues London», und dem herberen «Flight» macht dies ganz besonders deutlich – jene eine, leicht gezackte Wolke, die gegen die Ränder der Leinwand zu schlagen scheint wie in dem verzweifelten Bemühen, einen Fluchtweg zu finden aus diesem gnadenlosen, unnahbaren, fast schon sengenden Blau. Wer wollte da noch so naiv sein, Miss Ashbridges Werk als das einer harmlosen Sonntagsmalerin abzutun, die ein ‹Faible› für Himmel hat?

Ihr «Athens Revisited» läßt eine beachtliche Entwicklung gegenüber dem Bild «Athens Morning» erkennen. Letzteres Werk entstand, soviel ich weiß, während Miss Ashbridges Flitterwochen mit ihrem ersten Mann, Hubert Baathus. Er kam nach nur wenigen Ehejahren durch einen tragischen Unfall ums Leben. Hochinteressant auch «Studio Sky», ein Gemälde von fast unheimlicher Intensität – so, als sei die Malerin eingesperrt in ihrem Atelier und strecke, wie Oscar Wilde, die Hände «hinauf in das winzige Zelt von Blau, von Sträflingen Himmel genannt».

Dies sind nur einige aus einer ganzen Vielzahl meisterlicher Werke, die, ausnahmslos kongenial gerahmt, in Adrian Carendons kleiner Galerie in der Mount Street zu sehen sind. Der Besuch lohnt sich.

Stimmen von Fremden. Stimmen aus einem fernen Land. Der Vergangenheit.

23

Ich weiß es.»

«Was weißt du, Dominick?»

«Ruth. Ich weiß es.»

Schweigen.

«Ich weiß es.» Wieder. Und wieder Schweigen. Schweigen bedeutet Bestätigung. Bestätigung des Wissens, das ich von ihm hatte fernhalten wollen.

Ich weiß: harte, zischende Laute. Søll ich nun sagen: Es tut mir leid? Eine weiteres Mal lügen? Ich entschied mich für die feige Lösung. Ich sagte nichts.

«Ruth?»

Ich stellte mein Glas auf den Tisch. Wir saßen beim Essen.

«Ja.»

«Hast du gehört, was ich gesagt habe?»

«Ja, sicher.»

«Möchtest du nicht wissen, woher ich es weiß?»

«Nein.»

Weißt du, wer es ist? Das ist das einzige, was ich wissen möchte.

«Ich habe nur eine Frage.»

«Nur eine?»

«Ja. Wirst du weitermachen?»

Schweigen. Welch Kleinmut wohnt doch, ach, in meiner Brust.

«Ich merke schon, Ruth, du zeigst dich der Situation wieder einmal gewachsen.»

Bedeutet dieser sardonische Tonfall, daß ich vielleicht noch einmal «mit dem Schrecken davonkomme»? Sagt man nicht so? Ich habe gewonnen. Ich kann unbesorgt sein. Ich werde geliebt. Und ich liebe. Ist es meine Schuld, daß ich nicht da liebe, wo ich geliebt werde? Daß ich das Geschenk angenommen habe, das ich hätte zurückweisen sollen? Aber dann wäre er unglücklich gewesen. Vielleicht auch nicht. Wenn ich ganz von Anfang an mit offenen Karten gespielt hätte. Welch unerbittliche Ansprüche, Ruth. Welch schreckliche Strafe nun, Ruth. Hör doch. Hör, was der Mann da sagt.

«Ich bin in dir verwurzelt. Ich liebe dich seit dem Tag, an dem ich dich das erste Mal gesehen habe.»

Hält die Liebe durch das Auge Einzug? Ich dachte immer, das sei das Begehren.

«Du warst für mich eine Art Vollkommenheit.»

Wie eine Formel. Vielleicht waren es meine Proportionen, die ihm gefielen. Ich hatte die Maße 90 60 90. Man kann sie zeichnen. Ein paar Kleider hinzufügen. Oder auch nicht. Ganz nach Belieben. Darüber dann ein Gesicht. Eine Traumlandschaft mit Ebenen und Seen. Dunkelbraun, um genau zu sein, für die Pupillen. Und Schwarz für die Brauen. Die Haut glatt, ein sattes Sahneweiß. Ein Lippenpaar von tiefem Rot. Zum Anbeißen, wie es sich gehört. Und unten dran zwei Beine, passend zum Rest. Wohlgeformt und lang. Waren dies die Koordinaten seines Untergangs?

Warum leistet Charles dann Widerstand? Aber er leistet ja gar keinen Widerstand. Doch, das tut er. Ein Wissen, an dem kein Weg vorbeiführt. Ich bin die andere. Die Beigabe. Zu Elizabeth. Einmal mehr. War er gerecht?

Dominick sprach, und ich versuchte zuzuhören. Ich wußte, daß es wichtig war. Ich gab mir Mühe. Er hatte ein Recht darauf. Er litt Schmerzen. Den Schmerz der Isolation. Die Isolation des Schmerzes. Ich lauschte seinem Schmerz. Er läßt sich nur schwer wahrnehmen. Man hört so selten zu, kann ihn ganz gewiß nicht spüren – den Schmerz, den ein anderer fühlt. Warum will jeder Leidende sein Leid teilen? Das Teilen macht es nicht kleiner. Mich als Nenner hineinzunehmen in den Bruch deines Schmerzes führt zu keiner Verringerung. Das mußt du doch gewußt haben, Dominick? Dein Schmerz dividiert durch meine geziemende – ganz recht, geziemende – Anteilnahme bleibt dennoch gleich groß. Und schließlich, Dominick, würde er mich zu langweilen beginnen. Und in mir den Wunsch wecken, selbst Opfer zu sein – einfach der Abwechslung halber. So wie ich jetzt, indes ich dem Schmerz lauschte, nichts so sehr wollte, wie mich ins Vergnügen stürzen. Ganz gleich, was für ein Vergnügen. Um Erleichterung zu finden.

«Du warst umhüllt von einer Art Licht. Einer Geisteshelle. Einer Schnelle.»

Lichtgeschwindigkeit? Ist dir klar, was du da sagst, Dominick? Wie sehr deine Wortwahl deiner speziellen Weltsicht verhaftet ist?

«Vor meinem inneren Auge sehe ich dich irgendwie erhöht... in der Drehung. Fast... eine Drehung zu mir.»

Auf einem Sockel vielleicht?

«In meiner Vorstellung... wendest du dich immer zu mir hin.»

Welche Ironie! Hör ihm zu!

«Und als ich die Hand danach ausstreckte, verharrte diese Vision von dir in ihrer Drehung zu mir hin. Weil ich es so sehr wollte. Sie entfernte sich nicht.»

Wird er mich so im Gedächtnis behalten – als eine Vision? Wie jener Mann, der sich in ein Frauengesicht auf einem Schiff verliebte, das hinaussegelte aufs Meer? Einfach nur ein Gesicht. Und der Mann hielt diesem Gesicht die Treue. Ich hätte ein solches Gesicht für ihn bleiben können. Ohne ihm jemals ein Leid zuzufügen. Welch namenlose Unschuld: ein Gesicht, in Liebe erinnert. Aus der Ferne.

«Ich dachte... Ruth. Das ist sie. Das ist Ruth. Und so ist es geblieben. So einfach war das.»

Ich hätte dich gehen lassen sollen, Dominick. Ich hätte wissen müssen, daß ich es mit einem Idealisten zu tun hatte. Einem Idealisten in Sachen Liebe. Schlimmer als ein Romantiker. Viel, viel schlimmer.

«Und jetzt weiß ich nicht, was ich tun soll. Es ist ganz einfach unmöglich ...»

Ganz recht, Herr Professor. Sie stehen vor einem Problem. Das tun Sie allerdings. Was tun ... mit dem Schmerz. Mit der Liebe. Dem Übermaß an Liebe.

Stellt man dies nun prozentual dar? Als Schnittmenge? Statistisch? Geometrisch? Als Gleichung? Wenn x =? Ich weiß es nicht. Ich bin kein Mathematiker. Ich habe nur ein paar Begriffe aufgeschnappt. Ein Zuviel an Liebe bezeichnet den Extremwert. Was fängt man an mit dem Liebesüberschuß? Mischt man ihm noch eine weitere Zutat bei? Bitterkeit? Irgendein Kontrastmittel? Haß vielleicht?

«Du hast unsere Vergangenheit zerstört. Sie scheint mit dem Jetzt zu enden.»

Seine Vergangenheit hatte ihren Sinn verloren. Und die Zukunft? Auf der Zukunft lastet ein Schatten. Er fällt quer über den Pfad. Wir stolpern, wenn wir unseren Weg fortsetzen.

«Denke nicht, daß ich je aufhören könnte, dich zu lieben, Ruth. Das könnte ich nicht. Aber ich bin nicht tapfer genug, um die ganze Zeit mit dir zusammen zu sein, mit diesem Wissen.»

«Nein.»

«Ich bin ein Feigling.»

«Nein.»

«Ich habe Angst vor dir ... am Morgen ... es ...»

Auch ich weiß kein Wort dafür. Er tastet sich weiter: «Und ich habe Angst . . . vor anderen . . . Dingen.»

Nackte Gewalt. In der Nacht. Aber manchmal auch am Morgen. Nackter Morgen. Morgengewalt.

«Selbst noch diese versteckte Süße in dir, wenn du William berührst oder mit ihm sprichst. Ich glaube, ich habe einfach Angst vor . . . meiner Angst.»

«Also?»

«Ich werde eben gehen.»

Gehen? Wohin? Und wozu?

«Ich werde getrennt von dir leben. Ich kann . . . ich kann nicht mit dir zusammenleben.»

O Gott. Das wird schwierig, sehr schwierig. Was wird Charles sagen? Denk nach, Ruth. Denk scharf nach. Ich könnte ihn verlieren. Charles.

Dominick redet immer noch.

«Elizabeth gibt ihr Atelier hier auf.»

Elizabeth. Was hat ihr Name hier zu suchen? In diesem Zimmer? In dieser Unterhaltung?

«Was?»

«Aha, jetzt hörst du mir also zu.»

«Charles möchte weniger Zeit in London verbringen als bisher. Er richtet ihr ein eigenes Atelier in Frimton ein.»

«Woher weißt du das?»

«Weil ich ein Gespräch mit Charles hatte.»

«Wann?»

«Vor ein paar Tagen. Ich nehme an, er hielt es für angebracht, mir wegen des Ateliers Bescheid zu sagen.»

Angebracht? Mit Dominick zu reden? Über ein neues ‹Arrangement›?

«War es ein Telephongespräch?»

«Spielt das eine Rolle?»

«Nein.»

Ich will nur wissen, auf welche Weise ich verraten worden bin. Denn es ist ein Verrat. Im Inneren meiner Welt – meiner Welt mit ihm – glaubte ich mich hermetisch von allem abgeschlossen. Es konnte keine Eindringlinge geben. Nicht einmal zufällige Besucher. Betreten verboten. Aber jetzt spüre ich das Grauen der Peripherie. Ich spüre die Kraft, die mich auf ewig dort hinzubannen vermag. Und eine noch stärkere Kraft, die mich nach draußen schleudern könnte in einem immerwährenden freien Fall. Aber das werde ich nicht zulassen. Ich habe Haken, an denen ich mich festklammern werde. Und wenn ich auch über dem Abgrund hänge, so bin ich doch noch nicht in die Tiefe gestürzt. Noch nicht.

«Ich habe dich ganz und gar verloren.»

«Was?»

Das bringt Unglück, was er da sagt. Ich will solche Worte nicht hören. Damit ich nicht am Ende lerne, sie selbst auszusprechen.

«Ruth, bitte. Bitte, hör mir zu.»

«Ja ... Ja.»

«Wenn ich in Elizabeths Atelier ziehe, kann William mich nach wie vor in vertrauter Umgebung sehen. Auf diese Weise wird der Schock für ihn nicht ganz so groß sein.»

«Ja.»

«Ist das alles, was du zu sagen hast?»

Konzentriere dich, Ruth. «Nein. Nein, das ist es nicht. Ich finde, dein Entschluß ist . . . dein Entschluß ist falsch. Ein falscher Schritt. Tu es nicht.»

«Du verblüffst mich, Ruth. Irgend etwas an dir . . . ist . . . nicht normal.»

«Ich dachte, du hättest mir vorhin ewige Gefolgschaft geschworen.»

«An diese Formulierung kann ich mich nicht erinnern.»

«Ja, da hast du wohl recht. Ich glaube, du hast gesagt, du würdest mich immer lieben. Oder so ähnlich.»

Also, Ruth. Triff eine Entscheidung. Schnell. Was ist das beste? Dominick halten? Oder ihn wegschicken? Was ist das beste? Für die Beziehung mit Charles. Für diese . . . urplötzlich . . . ihren Halt verlierende Beziehung mit Charles. Was ist das beste?

Behalte Dominick. Viel klüger. Eine Grundlage. Jedes Geheimleben braucht eine Grundlage. Sonst ist alles zu augenfällig. Die unverheiratete Frau mit ihrem verheirateten Liebhaber. Nein. Behalte Dominick. Er will ja gar nicht gehen. Was für ein kindischer Unsinn, die Sache mit dem Atelier. Völlig unlogisch. Dieses lächerliche Gerede über William. William ist im Internat. Und die Ferien verbringt er in Lexington. Was für ein Dummkopf Dominick doch ist. Dummkopf? Dominick? Nicht gerade zwei Worte, die ich normalerweise in einem Atemzug nennen würde.

Also bring ihn dazu, daß er bleibt. Geh behutsam vor. Langsam. Mach einfach ein paar Schritte. Auf diese ganz spezielle Weise . . . zur Hausbar hin. Jetzt dreh dich um. Leg ein wenig Traurigkeit in deinen Blick. Aber verhalten. Laß alles andere aus deinen Zügen entweichen, bis zuletzt – das fühlst du selbst – nur sinnliche Seidigkeit zurückbleibt. Beobachte sein Gesicht. Ein winziges Flämmchen flackert da. Halte es fest. Mit deinen Augen. Halte es einfach nur fest. Aber vorsichtig, Ruth. Ganz vorsichtig. Sag nichts. Schweigen. Unabdingbar für die Konzentration. Die Konzentration deiner Macht. Die Durchsetzung deines Willens.

Jetzt. Gib ihm ein Glas. Warte ganz dicht neben ihm. Beweg dich nicht. Er muß nach dir greifen. Nur so ist es möglich für ihn. Für die Zukunft. Atme tief, so daß sich deine Brüste in jenem dir so vertrauten Rhythmus heben und senken. Jetzt zieh dich zurück. Du spürst, wie alles in ihm sich anspannt. Geh zum Sofa hinüber. Leg dich hin, der Länge nach. Seufze. Traurig. Und laß dein eines Bein über den Rand hinuntergleiten, so daß der Rock zur Seite rutscht. Ein Stückchen nur. Und sieh ihn einfach an. Er kommt auf das Sofa zu. Halte seinen Blick fest. Halte ihn. Traurig. Und da . . . ist er. Über mir. Jetzt wird er . . . ja, seine Hände verraten ihn. Verzweifelte Hände. Wieder auf der Suche nach dem Weg ins Innere. Und es ist vorbei. Ich habe gewonnen. Ich lasse mich zurücksinken. Dominick wird nicht gehen. Nicht dieses Mal. Nie?

24

Es tut mir leid. Ich wollte es dir eigentlich erzählen.» Charles und ich. Zeit zu zweit. Regelmäßig, bei mir zu Hause. So leicht einzurichten, wenn die «anderen» einem vertrauen. Wenn man ihren Tagesablauf kennt. Wenn man weiß, wo sie sind. Wann sie zurückkommen.

«Was denn?»

«Meine Unterhaltung mit Dominick. Über das Atelier.»

«Ach, das macht nichts. Elizabeth und ich haben heute morgen darüber gesprochen. Ich höre, du willst ihr im Park von Frimton ein Atelier bauen. Und du hast vor, weniger oft nach London zu kommen.» Mein Ton war kalt.

«Ja.»

Schweigen.

«Wenn ich es kann.»

«Und du glaubst, du kannst es?»

«Ich will es versuchen», sagte er fest.

«Wieso?»

«Ich entdecke in mir ganz überraschend ein Verlangen –»

«Ach ja?»

«Ein Verlangen, das zu tun, was richtig ist. Ganz gleich, wie schwer es mir fällt.»

«‹Die Sucht nach dem, was schwierig ist›.»

«Vielleicht.»

Ich nehme das nicht hin. Sag nichts dergleichen. Ganz ruhig bleiben.

«Charles, du bist meine einzige Chance ... meine einzige Chance, gut zu sein.»

«Ruth!»

«Doch. Ich habe dich niemals verraten.»

«An Elizabeth?»

«Nein.»

«Das würdest du nie tun.»

Ein Befehl. Dem du zu gehorchen hast.

«Natürlich nicht.»

Beobachte ihn sorgfältig. Schau, ob du nicht irgendwo ... eine Schwachstelle finden kannst. In seiner Entschlossenheit.

«Charles. Im Rahmen unserer Welt habe ich versucht ... war ich, glaube ich, immer ... treu.»

Treu im Hinblick worauf? Unserem Tun war ich treu. Mir selbst war ich treu. All den Dingen, die ich vor der Welt versteckte.

Er wandte den Blick ab. Ich kannte seine innerste Seele. Sie verbarg sich in seinem Körper. Was würde er tun, wenn er sie töten mußte? War er dazu in der Lage? Er ist gefährlich. Er ist stark. Er könnte sie wirklich töten. Ein Tod für mich. Ein Geschenk für Elizabeth. Noch ein Geschenk. Warum nicht? Nein. Ich werde siegen. Hier werde ich siegen. Ich muß siegen. Tränen vielleicht? Nein, flüssige Lügen. Er würde mich in Stücke reißen.

Er drehte sich wieder zu mir um.

«Dominick – hat er sich gegen das Atelier entschieden?»

«Ja. Wir wollten es eigentlich als Arbeitszimmer für mich benutzen. Aber wir brauchen es nicht wirklich. Ich kann problemlos daheim arbeiten.»

Gib dich möglichst normal, Ruth. Versuche, Zeit zu gewinnen.

«Arbeiten? Woran denn?»

«Ich will eine Anthologie zusammenstellen ... *Rückschlag.*»

«Wie meinst du das?»

«Ach, ich möchte ein bißchen über die Rückschläge recherchieren, die große Schiftsteller hinnehmen mußten. Eine interessante Idee, findest du nicht?»

«Der Titel ist nicht schlecht.»

«Ich weiß. Er ist sogar ausgezeichnet.»

Er lächelt ein wenig. Gut. Gut gemacht, Ruth.

«Und Dominick?»

«Dominick ... beklagt sich nicht.»

«Ich glaube, er weiß Bescheid.»

«Er weiß Bescheid? Nein, Charles.»

«Aber da ist irgend etwas in seinem Blick, wenn er mich ansieht.»

Aber kein Wissen. Nein. Er weiß nicht von dir, Charles.

Er entspannt sich. Er ist sich dessen bewußt. Er will die verhängnisvollen Worte sprechen. Halt ihn auf. Er muß sich erst wappnen. Damit er es durchsteht. Halt ihn auf.

«In mir . . . tobt es, Charles.»

«Es tobt?»

«Es tobt, vor Verlangen nach dir.»

Und unvermittelt loderte zwischen uns eine Flamme auf. Es gab keinen Fluchtweg für ihn. Mit Haaren und Brüsten und Schenkeln fachte ich das Feuer an. Und wälzte ihn dann, schauernd, in verschwiegenes Dunkel.

Und als es vorüber war, war da die Wut. Seine furchtbare Wut. Gegen sich selbst. Dann gegen mich. Ich merkte es an seinen Augen. An dem bitteren Mund. Seltsam gealtert bewegte er sich auf die Tür zu.

Er begann zu sprechen. Aber er drehte sich nicht um dabei.

«Es gibt nur einen Weg, Ruth. Ich darf nie wieder mit dir allein sein. Nie wieder. Wenn es sich zufällig so ergeben sollte, dann werde ich unverzüglich weggehen. Mir bleibt keine andere Wahl. Du bist . . .»

Er legte sich rasch die Hand auf den Mund. Um den Worten Einhalt zu gebieten.

«Eine Einladung zur Sünde?»

Die Hand sackte nach unten. Ballte sich zur Faust.

«Ich tue es, Ruth. Ich tue es.»

Zur Hölle mit dir! Zur Hölle mit dir, Charles! Sag jetzt nichts, Ruth.

Du wirst es versuchen, nicht wahr? Daran kann ich jetzt nicht länger zweifeln. Aber ich werde dir nicht dabei helfen. In keiner Weise. Ich werde dir nicht helfen. Ich werde dir so viele Steine in den Weg legen wie nur irgend möglich. Und denk daran, ich bin hier. Ich warte. Ich beobachte dich. Immer bereit.

Er lehnte im Türrahmen. Er war so groß ... er füllte ihn völlig aus. So wie er mich ausfüllte, ganz und gar. O mein Gott. Dann war er weg.

Lautlos gellten meine Schreie durch das Zimmer. Dominicks Zimmer. Ich drückte den Körper gegen den Globus, dieses kugelige, vollständige, bauchähnliche Gebilde ... und schlug auf meinen eigenen Bauch ein. Auf dem warmen Honig meiner Haut erschien ein dunklerer Fleck – eine Bläue. Die Farbe der Kälte. Ich begann zu zittern. Die Kälte zu spüren. Ich umwand mich mit einem Tuch aus roter Wolle. Die Farbe des Blutes. Um mich zu wärmen. Stundenlang wanderte ich in meinem Gefängnis auf und ab. Dann erinnerte ich mich an einen Pakt, der noch bestand. Und der, so fürchtete ich, aufrechterhalten werden mußte.

Ich ging ins Bad, um mich auf die Rückkehr meines Mannes vorzubereiten.

Weder am Abend noch am nächsten Morgen verriet irgend etwas an mir, was vorgefallen war.

Wie bereitwillig die äußere Aufmachung – der Schein, der so wenig Aufschluß gibt über das Sein – der Frau dient ... zum Zwecke der Täuschung. Auch wenn man in England dabei vorsichtig zu Werke gehen muß. Denn hier gilt es als weniger anstößig, den Körper zu nähren, als ihn zu kleiden. Obgleich keinem dieser Vorgänge besonders viel Bedeutung beigemessen wird. Dennoch sind wir imstande, die Zeichen zu lesen – die Strickjacke kann ein ebenso schicksalhaftes Gewand sein wie der blaue Frack, den Goethe seinem Werther gab. Eine verhängnisvolle Gabe.

Als ich Stunden später dastand und auf Dominick wartete, war ich schlicht und makellos gekleidet. Ich trug ein marineblaues Kleid mit Gürtel. Meine Perlenkette. Marineblaue Lederpumps. Mein Haar war zu seinem üblichen Seidenglanz gebürstet. Mein Gesicht, mit kühlender Creme behandelt und sorgsam zu einer ausgeklügelten Maske geschminkt, bot dem Auge meines Mannes nur eines dar: das Bild seiner schönen Frau.

Daß ich wie ein wildes Tier in meinem Zimmer gewütet hatte; daß ich bis ins Mark verwundet worden war; daß blutrünstige, bestialische Phantasien alle natürlichen Fesseln gesprengt hatten; daß ich mich in äußerster Qual aufgebäumt hatte, bis etwas in mir zerbrochen war – all dies war wohlverborgen.

Denn ich war stolz. Ich war zurückgewiesen worden. Mich wies man nicht zurück. Nie, unter keinen Umständen. Nicht auf diesem Gebiet.

Ich hatte das Bewußtsein des ständigen Verrats an Elizabeth genossen. Und dieses Wissen, das ich ihr vielleicht einmal zukommen lassen würde, vielleicht auch nicht. An das ich immer denken mußte. Während Essenseinladungen und Wochenendbesuchen. Es hatte mich tief befriedigt, sehr tief sogar. Nun sollte ich auch das verlieren. Ohne es zu ahnen, hatte sie mich geschlagen. Elizabeth. Diebin all dessen, was mir gehörte. Denn er gehörte mir, mir allein.

Ich wußte, welche Qualen er litt. Ob er sie wohl ertragen konnte? Eine Zeitlang, vielleicht. Würde die Enthaltsamkeit zur Gewohnheit werden? Oder würde die Verzweiflung immer mehr anwachsen? So daß sie ihn zuletzt in die Knie zwang. Wie auch ich ihn auf Knien anflehte. Schweigend. Er mußte doch spüren, wie etwas gegen den Schutzwall seines Körpers schlug.

Würde ich betteln? Nein. Denn das würde sein Verlangen schmälern. Ich kannte ihn. Bei einem solchen Feldzug war es von höchster Wichtigkeit, den Feind zu kennen. Er enthielt mir vor, was mir zustand. Deshalb war er mein Feind. Ich würde diesen Feind keine Schwäche merken lassen. Nie. Stolz. Stärke. Geduld. Die Saat war von ihm ausgebracht worden und wuchs in mir heran. Er würde kommen, um zu ernten.

25

Einen Monat, dreißig Tage lang, bekam ich Charles nicht einmal zu Gesicht. Dinge... ich wußte keinen Namen dafür... schienen in mir aufzuflattern und zu verenden. Endloses tägliches Verenden in irgendeiner kleinen Höhle in meinem Inneren. Irgendwo auf der linken Seite. Von da strahlte der ganze Schmerz aus, glaube ich.

Ein Wochenende in Lexington wurde abgesagt. Am Freitagmorgen. Zu viel Arbeit. Elizabeths Stimme. Ihre Entschuldigungen hallten durch die leeren Hallen in meinem Kopf. Und durch die in Lexington. Wir wurden nicht nach Frimton Manor eingeladen.

Ich brauchte einen Plan. Ich mußte ihn sehen. Ob ich durch eine List ein Treffen mit ihm erzwingen konnte? Ich setzte die naheliegendste und wirksamste Waffe ein. Meine Familie. Allen voran meinen Sohn.

Ich rief Elizabeth an. Die richtigen Worte kamen mir mühelos über die Lippen. Phrasen wie «Familienzusammenkünfte». «Die Jungen». «So gute Freunde». «Alle miteinander». Und als letztes «Mutters Einsamkeit». Voller Begeisterung stimmte Elizabeth einem kleinen Familienurlaub in Lexington zu.

Ich konnte hören, wie sie Charles ebenfalls für den Plan gewann.

Oder willst du insgeheim sogar kommen, Charles? Nach Lexington? Um mich zu sehen? Seine ferne Stimme – gefangen im Inneren des Hörers, während er auf ihre Fragen antwortete – ließ Verlangen in mir auflodern. Doch ich hielt eisern an mich und geriet nicht ins Straucheln.

Ferien in Lexington. Herbsttage. Der blätterübersäte See eine Melange von Winterfarben. Schattierungen von Braun, von Rubinrot und Gold. Der Himmel ein hohes, kaltes, singendes Silberblau. So wie auch die Wildheit in mir etwas Hohes, Kaltes und Silbernes in mein Gesicht einziseliert hatte.

Charles war gestellt wie ein Wild auf der Jagd. Und er wußte, daß er in die Falle gegangen war. Weil er keine Wahl gehabt hatte? Weil er es gewollt hatte? Als wir uns alle in dem großen Wohnzimmer versammelten, beschloß ich, ihm nichts zu ersparen.

Zum Teufel mit dir, Charles. Daß du an Flucht auch nur gedacht hast. Zum Teufel mit dir. Lieber sähe ich dich tot als nicht mein eigen. Als er mich sah, zuckte etwas in seinem großen Körper, eine auffällige Bewegung, völlig untypisch für ihn. Ich trat neben ihn an die Hausbar.

«Leidest du Höllenqualen, Charles?» Ich flüsterte die Worte. «Ich hoffe, daß du es tust.»

«Daß er was tut?»

«Daß er es genießt, mehr Zeit in Frimton verbringen zu können.»

«Ich bin immer froh, wenn ich möglichst viel Zeit mit Elizabeth verbringen kann.» Die Rache.

«So geht es mir mit dir auch, Charles», sagte Elizabeth.

«Ein glückliches Paar.»

Spüren sie den ironischen Unterton in deiner Stimme, Dominick?

«Genau wie wir beide.» Ich lächelte ihn an.

«Aha», erwiderte er.

«Dominick, hast du dich jetzt definitiv gegen das Atelier entschieden?» fragte Elizabeth.

«Ja. Wir brauchen es wirklich nicht.»

«Das freut mich. Ich glaube nämlich nicht, daß ich es verkaufen will. Ich bin dort so glücklich gewesen. Es war immer ein wunderbarer Zufluchtsort.»

Ich ließ meine Gedanken zurückwandern zu einem komplizierten Ballett der Lust. Zu Gliedmaßen und Körpern, kunstvoll verrenkt, um nicht die Leinwände zu beschädigen. An ihrem Zufluchtsort. Ihr Mann und ich. Soll ich sie jetzt vernichten? Den Hammer nehmen und zuschlagen? Aber dann verliere ich ihn endgültig.

«Brannington Orchard hat ja einen großartigen Artikel über dich geschrieben. Das muß doch ein herrliches Gefühl sein, oder?»

«Danke, Dominick. Aber ich kann sehr wenig anfangen mit dem, was andere über meine Bilder schreiben. Auch dann nicht, wenn es etwas Positives ist. Es ist einfach etwas, was ich tun muß. Immer mehr.»

Der Schaffenszwang des Künstlers. Selbst der drittrangigste Künstler noch fühlt sich zur Entfaltung seines drittrangigen Talents getrieben – wobei es allerdings häufig zu wirklich erstrangigen Temperamentsausbrüchen kommt.

«Was du tun mußt, Elizabeth? Kunst als die einzig wahre Gottheit, die stets das ‹Te absolvo› auf den Lippen trägt?»

So groß war die Bitterkeit, die meine Seele erfüllte. Meine Seele? All diese Jahre hindurch hatte ich sie mit einer solch herben Kost genährt, daß sie sich vor langer Zeit schon verkrochen hatte vor meinen galligen Opfergaben, verkümmert und hungrig.

«Ich kann mir nicht vorstellen, daß du das wirklich so meinst, Ruth», sagte Elizabeth. «Ich weiß, es ist altmodisch, aber ich bin davon überzeugt, daß die Kunst dem Guten dienen sollte.»

«Dominick. Du solltest eine Formel für ‹das Gute› ausarbeiten. Wenn x gleich Güte ist und y . . . gleich . . . hmmm. Es gibt eigentlich gar nicht so viele Worte, die einem spontan einfallen, wenn man das Gute zu beschreiben versucht . . . oder, Charles?»

Ich drehte mich zu ihm hin, lächelnd. Er erwiderte meinen Blick. Ohne etwas zu sehen.

«Mut?» Stephen sprang in die Bresche.

«Ausgezeichnet, Stephen.» Erleichtert wandte er sich seinem Stiefsohn zu.

«Aber böse Menschen haben oft sehr viel Mut bewiesen.»

«Gerechtigkeit?»

«Aha. Die heidnischen Tugenden scheinen dir zuzusagen.» Hör gut zu, Charles.

«Heidnische Tugenden, Tante Ruth?» Stephen sah mich fasziniert an.

«Ja. Die Tugenden, die vor Christus hochgehalten wurden. Harte Tugenden. Männliche Tugenden.» Ich sprach mit ernster Stimme. Wie es sich für solche Worte gehörte.

«Also gut, Mama», unterbrach William. «Welche Tugenden haben Stephen und ich denn – die heidnischen oder die christlichen?» Ich höre es so gern, wenn William spricht. Diese Sanftheit. Dominick, auch hier. Dominick dominiert.

Stephen wandte sich fragend an Elizabeth.

«Ihr seid beide sehr liebe Jungen.»

«Uuuuuuh. O Gott, Mama. So was darfst du doch in der Öffentlichkeit nicht einmal flüstern.» Stephen taumelte im Zimmer herum, als sei er verwundet.

«Verzeihung. Verzeih mir, Stephen. Verzeih mir, William.» Elizabeth lachte.

«Da bist du ja ziemlich ins Fettnäpfchen getreten, Elizabeth.» Dominick lächelte sie an.

«Das habe ich gemerkt, Dominick.»

«Vielleicht hatte Christus ganz einfach die Nase voll

von diesem ganzen Machogehabe und hat deshalb angefangen, Demut und Geduld und all dieses Zeug zu predigen. Und Liebe im Sinn von Agape. Vielleicht war er der erste ‹neue Mann›, was meinst du, Mama?»

«Stephen, was du da sagst, ist ziemlich blasphemisch.» Sie sagte es mit einem sanften Lächeln. Ihr Lächeln war immer sanft.

«Man kann nicht alle Tugenden zugleich in sich vereinen.»

Charles hielt den Blick im Sprechen konzentriert auf die Jungen geheftet. «Die heidnischen und die christlichen Tugenden schließen einander nahezu aus. Sanfte Tapferkeit? Demütige Gerechtigkeit? Es hängt von eurem Schicksal ab, welche Tugend für euer Leben wichtig sein wird. Du könntest zum Beispiel entdecken, Stephen, daß einzig und allein Mut dich retten kann. Daß du zwar gütig, großherzig und liebevoll bist . . . aber daß die christlichen Tugenden dir nicht helfen können. Daß Mut plötzlich die einzige Tugend ist, die zählt.»

Sieh mich an, Charles. Sieh mich an. Ja, meinetwegen auch mit einem solchen Blick. Ich habe Mut. Warum nicht auch du?

«Welches ist die größte Tugend von allen, Elizabeth?» Dominick wandte sich an sie.

Sprich mir von der Tugend, Elizabeth.

«Ach je, ich finde das alles so schwierig.»

«Komm schon, Mama», drängte Stephen.

«Es gibt keine einzelne Eigenschaft, in der alle anderen aufgehoben sind. Wie Charles sagt, man kann grausam und tapfer zugleich sein, oder wahrheitsliebend und hochmütig. Es tut mir leid, ich kann mich nicht sehr gut ausdrücken, wenn es um solche absoluten Aussagen geht.»

Ach, zier dich nicht so, Elizabeth. Hör auf, dein Licht unter den Scheffel zu stellen. Du schlägst dich doch ganz gut.

«Die Jungen würden es aber gerne hören . . . es ist ein wichtiges Thema.» Mit funkelndem Blick sah ich sie an.

«Es ist eine grundsätzliche Einstellung zur Welt. Zu den anderen in der Welt. Und zu sich selbst. Es ist eine Haltung des . . . Es ist ein Glaube, der darauf beruht, daß man seine ganze Kraft darauf verwendet, unter allen Umständen immer das Richtige zu tun. Und meine Lebensphilosophie ist dann wohl folgende: Man muß sich auf das Handeln vorbereiten . . . indem man das Richtige denkt. Denn böse Taten entspringen bösen Gedanken. Deshalb muß man sich dazu erziehen, gut zu sein in seinem Denken. Daraus folgen dann die guten Taten. Ich . . . Es spielt dabei keine Rolle . . . daß es nicht immer funktioniert. Es ist fast immer schwer.»

Charles ging zu ihr hinüber. «Ja, das ist es, Elizabeth.» Er setzte sich zu ihr auf die Sessellehne.

«Dann ist es also etwas, das in der Seele wohnt . . . beziehungsweise im Herzen oder im Geist?» erkundigte ich mich. Durchaus mit Interesse.

Zeig etwas Respekt, Ruth. Der Frau ist es schließlich ernst mit dem, was sie da sagt.

«Ja.» Sie nickte. «Und es erfordert . . . alles.»

Er hebt die Augen auf zu ihr wie zu einem Gott ... einer Göttin. Das ist es. Gegen das hier werde ich womöglich vergebens kämpfen. Aber kämpfen werde ich.

«Mama. Du bist ein Engel, das habe ich schon immer gewußt.» Stephen sprang mit einem Satz aus seinem Sessel. «Aber wenn du über das Gutsein sprichst, dann juckt es mich einfach, böse zu sein. Los, machen wir einen Wettlauf um den See! William? Tante Ruth? Komm mit, dann zeige ich dir, wie schnell ich rennen kann.» Er streckte mir die Hand entgegen.

«Ich komme später nach», sagte William. «Ich gehe noch zum Schuppen hinauf, mein Fahrrad richten.»

William war ab und zu ganz gern ein Weilchen allein. Mein selbständiges, stilles Kind.

«Gehst du ein bißchen mit mir spazieren, Tante Ruth?» fragte Stephen.

Ich zögerte. Schließlich konnte ich schlecht sagen: «Ich bleibe lieber hier bei Charles. Deinem Stiefvater. Um zu sehen, ob ich seinen Willen brechen kann. Seinen Wunsch, mich zu verlassen.»

«Gut, in Ordnung, Stephen. Geh schon voraus, ich hole dich dann ein.»

«Prima. Bis dann, Tante Ruth.»

Sie schossen hinaus wie zwei Pfeile, und ihr Davonstürmen schien die Verandatüren aufzustoßen wie eine Druckwelle. Dann waren sie verschwunden. Die Jugend hatte den Raum verlassen. Wir saßen eine Weile schweigend da und sahen einander an. Erwachsenenblicke. Nachsichtig.

Meine Mutter sprach als erste wieder. «Meinst du, du könntest mich vielleicht nach Barnham fahren, Charles? Wäre das eine sehr große Zumutung? Es sind nur zehn Minuten mit dem Auto. Ich habe Claude versprochen, daß ich ihr zum Mittagessen ein paar von unseren Tomaten hinüberschicken würde. Ben hat sie heute morgen gepflückt. Ich würde sie ihr sehr gerne selbst bringen.»

«Ich stehe dir zu Diensten, Aileen. Mit Vergnügen.»

«Ach, ich habe Claude eine Ewigkeit nicht mehr gesehen. Wenn du willst, Mutter, komme ich mit», erbot ich mich.

Vielleicht würde sich – allein mit zwei alten Frauen, beide schon ein bißchen schwerhörig und langsam – eine Gelegenheit finden, mit ihm zu ... sprechen. Vielleicht.

«Aber Ruth. Du hast Claude doch noch nie leiden können.»

Mütter! Was sie alles wissen. Was sie alles im Gedächtnis behalten. Ein Leben, das weiter zurückreicht als das eigene Erinnerungsvermögen. Kein Wunder, daß wir auf Flucht sinnen. Sie würden uns mit Haut und Haar verschlingen, wenn wir sie ließen.

«Müßt ihr da durchs Dorf fahren?» fragte Dominick.

«Dominick, seit wie vielen Jahren kommst du jetzt schon nach Lexington? Du hast den schlechtesten Orientierungssinn, den ich je bei einem Menschen erlebt habe.»

«Vielen Dank, Ruth. Aber wenn wir hier sind, verlassen wir das Grundstück ja kaum. Ich war noch nie bei Claude. Wie um alles in der Welt soll ich also wissen, wo sie wohnt?»

Eine kleine Neckerei zwischen Eheleuten. Mehr ist es nicht, Charles. Kein Grund, ein so besorgtes Gesicht zu machen.

«Na, dann wollen wir gleich heute mit der Erziehung beginnen. Komm doch du an Stelle von Ruth mit. Claude ist eine hochinteressante Frau. Sie war während des Zweiten Weltkriegs im Geheimdienst tätig.» Charles. Der Friedensstifter.

«Wobei sie neben ihren Verdiensten um den Krieg außerdem noch drei Ehemänner aufzuweisen hat – allesamt tot praktischerweise – sowie eine stolze Anzahl von Liebhabern.»

«Ruth, mein Liebes, ‹praktischerweise tot› scheint mir nicht ganz die Art, auf die ich drei Männer beschreiben würde, die ich gekannt und geschätzt habe.»

«Ein Scherz, Mutter. Nur ein Scherz.»

So hatte ich mir das nicht vorgestellt.

Sie brachen auf. Er war mir entkommen. Elizabeth machte sich auf den Weg in die Küche, um mit Alice das Mittagessen zu besprechen. Ich ging hinter Stephen her zum See hinunter.

«Hallo, Tante Ruth.» Ein kurzes Schweigen.

«Wir lesen in der Schule gerade *Madame Bovary*.» Er wollte mich beeindrucken.

«Und – was hältst du von ihr?» wollte ich wissen.

«Nun ja, ich glaube, daß sie gefangen war . . . gefangen in sich selbst, verstehst du. Niemand konnte sie befreien.»

«Sehr gut beobachtet, Stephen.» Er warf mir einen errötenden Blick zu. Ich spielte mit diesem Blick, ein bißchen nur.

«Ich fühle mich auch manchmal gefangen ... von meinem Asthma.» Dann, wieder ganz mannhaft, um es ja nicht so aussehen zu lassen, als hätte er um Mitleid betteln wollen: «Weißt du, was Flaubert sagte, als er starb, Tante Ruth?»

Ja. Aber das brauchte er ja nicht zu wissen.

«Was denn, Stephen?»

«Er sagte: ‹Ich sterbe, aber diese Schlampe Bovary wird ewig leben.›» Er lachte. Entzückt von seinen eigenen Worten.

«Tut mir leid wegen der ‹Schlampe›, Tante Ruth. Hab ich von meinem Französischlehrer gelernt.» Noch mehr Lachen. Unbändiges Lachen. Stephen hatte ein wundervolles Lachen.

Er nahm meinen Arm.

«Ich finde dich großartig, Tante Ruth.» Er stockte. Starrte zu Boden. «Du bist wirklich ... unheimlich hübsch. Uuh. Das klang jetzt ... zum Kotzen. 'tschuldige. 'tschuldige, Tante Ruth.» Dann, mit einem jähen Sprung vor mich hin: «Ich schwimme jetzt quer durch den See, Tante Ruth. Für dich. Damit du siehst ... wieviel Mut ich habe. Für dich.»

«Red keinen Unsinn, Stephen. Geh lieber zum Schuppen hinauf. Hilf William mit seinem Fahrrad.» Er sah mich an. In seinem Blick lag eine Frage. Dann zuckte er die Achseln, stieß mit dem Fuß nach ein paar Steinen und sagte: «Na gut, Tante Ruth. Wie du meinst.»

Ich wandte mich ab und machte mich auf den Weg zum Haus zurück. Versunken in mein Brüten über Charles. Wie ich ihn zurückbekommen konnte.

Als ich ins Haus trat, rollte Elizabeth schon die Zitronen, damit sie weicher würden. Ich hackte schwarze Oliven klein und streute sie über das cremige Rosa und Beige des Krebsfleisches. Ich kühlte den Wein und wärmte das Brot.

Ich ging auf mein Zimmer, um mich zu wappnen. Für das Mittagessen mit Charles. Dann kehrte ich zu Elizabeth und Alice in die Küche zurück.

Ich wandte mich vom Fenster ab, einen Augenblick lang geblendet von einem jäh hereinfallenden Strahl schräger Oktobersonne. In der Küchentür stand ein Mann. Ben. Versteinert. Unfähig, ein Wort herauszubringen. Ich packte ihn. Ich schüttelte ihn. Ich stieß ihn gegen den Türrahmen. Sinnlos die Frage: «Was ist los?» Die Frage: «Ist etwas passiert?» Ein Gesicht, das verzerrt ist vor Angst und Qual, macht Worte überflüssig.

Dann ein Name. «Stephen . . . unten im See», keuchte er. «Asthma . . . anfall.» Eine Sekunde lang hielt ich inne. Nicht William. O lieber Gott . . . an den ich nicht glaube . . . o Gott, ich danke dir.

Ich bin kein Ungeheuer. Mit Elizabeths Schreien, ihrem «O nein, nein» in den Ohren rannte ich los, rannte, um ihr Kind zu retten.

Ich hetzte über den Rasen, durch den Garten, weiter und weiter, durch den Park hinunter zum See.

Aber jemand war mir zuvorgekommen. William. Mein Sohn. Der verzweifelt versuchte, Stephen zu retten.

Von der Anhöhe des Hügels sah ich sie. Zusammen, im Wasser. Sie schienen nach oben zu steigen. Langsam, anmutig. Wie Tänzer. So als würde eine große Kraft irgendwo in der Tiefe sie über die Wasserfläche hinausheben: auf den Himmel zu.

Stephen schien William fest an sich zu drücken. Wie ein Liebhaber. Nicht bereit loszulassen. Unerbittlich in seiner besitzergreifenden Leidenschaft. Siegreich. Sie sanken. Und der schlammige See schloß sich über ihnen. Wie viele Male?

Wie viele Male hatte der See sich schon über ihnen geschlossen?

«Rette dich, William!» gellte es aus mir heraus. «Laß ihn los!»

Mcin Schreien hallte in den Wind. Ins Nichts. Der schlammige See schloß sich über ihnen. Erneut.

Und immer noch rannte ich, gefolgt von Elizabeth, den Hügel hinab. Ich stürzte ins Wasser und schwamm dahin, wo ich mir einbildete, daß sie gesunken waren. Ich tauchte. In schwarzes Nichts. In Trübheit. Warum waren ihnen nicht wenigstens klare blaue Fluten vergönnt?

Ich tauchte noch einmal. Und noch einmal. Und wieder nichts. Dreck. Schlamm. Finsternis. Und dann

Schmerz. Körperlicher Schmerz. Endlich etwas, das mich ausfüllte. Ich kam an die Oberfläche. Und tauchte wieder hinab. Immer und immer wieder. Aber ich konnte ihren heimlichen Ort nicht finden. Elizabeth, weit weg von mir, schwamm hektisch im Kreis. Tauchte, immer und immer wieder.

Wir schwammen ans Ufer. Und taumelten dort zu Boden.

Sie streckte mir die Arme entgegen. Liebe und Mitleid. Die Stärkere, auch hier.

«Zum Teufel mit dir, Elizabeth. Stephen hat ihn mit sich hinuntergezogen. Ich weiß es. Stephen hat ihn hinuntergezogen. Meinen William. Als er ihn retten wollte. Stephen hat ihn hinuntergezogen. O Gott. O Gott.»

Warum sollte ich IHN nun anrufen?

«O Gott. Wie ich dich hasse, Elizabeth. Mein Gott, Elizabeth. Jetzt hast du mir endgültig alles genommen.»

Ich kroch zu ihr hin. Ich bespuckte sie mit Wasser. Dann hob ich Steine auf. Ich bewarf sie damit. Ich gebrauchte meine Hand als Waffe. Hielt die Handkante seitlich, wie ein Messer, und schlug ihr damit gegen die Kinnlade. Ich näherte mich ihrer Kehle. Näherte mich ihr, bereit zu töten. Dann fiel mein Blick auf einen toten Vogel. Ich hob ihn auf. Und klatschte ihn ihr auf die Brust.

Sie lag schluchzend da und flüsterte: «Ruth. Nicht. Denk an unsere Kinder. Unsere Kinder.»

Und endlich ließ ich ab. Und sah auf sie hinunter. War etwas gebrochen? Wegen des Blutes konnte ich nichts erkennen. Hatte ich tiefer getroffen, bis auf den Knochen, oder hatte ich – wieder – nur weiches Gewebe verletzt? Der Geruch? Der konnte von dem verwesenden Vogelkadaver herrühren, von dem ihr ein paar Fetzen am Kleid klebten. Und nicht von einem faulenden Geschwür in Elizabeth selbst, das ich endlich hatte aufplatzen lassen mit meinen Schlägen. Nicht elegant, wie ich es mir erträumt hatte, sondern in einem Taumel ekelerregenden, ohnmächtigen Jammers.

Die Sanitäter kamen den Hügel heruntergestürzt. Ihre nutzlosen Bahren zwischen sich. Schreiend lief ich ihnen entgegen.

«Sie sind unten auf dem Grund. Ich kann sie nicht finden. Die Bahren sind überflüssig. Es ist keine Leiche da.» Stephens Gesicht trieb mir wieder ins Bewußtsein. «Es sind keine Leichen da.»

Sie blieben hilflos stehen. Die allzeit bereiten Helfer, erfahren in dramatischen Situationen. Sie machten einen verlorenen Eindruck, so ganz ohne Leiche. Ohne einen Körper, den sie behutsam hätten auf ihren kostbaren Leinwandaltar betten können.

«Die Feuerwehr ... ihre Taucher sind schon unterwegs», sagte eine junge Frau.

«Mrs. Garton?»

«Wer sind Sie?» Ich spie meine Worte diesem Eindringling fast ins Gesicht.

«Mein Name ist Sarah Duncan und ... Sie sind dann wohl ...» Sie wandte sich Elizabeth zu.

«Elizabeth Harding. Ich bin Stephens Mutter.»

«Am ... Telephon hieß es ... zwei Jungen ...»
«Stephen und William.»
«Ihre Söhne?»
«Ja.»
«Es tut mir so ... so ...»
Leid?
«Mrs. Garton. Vielleicht wäre es besser, ins Haus zu gehen.»
«Nein.»
«Mrs. Garton ... bitte.»
«Nein.»
«Lady Harding?»
Elizabeth schüttelte den Kopf. Das Blut tropfte an ihr herab und vermischte sich mit ein paar Überresten des Vogelkörpers. Elizabeths Bluse war blau. Nicht weiß wie sonst immer. Das bemerkte ich erst jetzt. Die Ärztin bückte sich, holte Verbandmull und Desinfektionsmittel aus ihrer Tasche und machte sich daran, einen Teil des Schadens zu beheben, den ich Elizabeths Gesicht zugefügt hatte.
«Ich bin gestolpert und gefallen», sagte Elizabeth. «Ziemlich schlimm. Als ich den Hügel hinuntergerannt bin, zu den ... Jungen. Auf den Vogel. Und dann bin ich auf der Uferböschung hingefallen, als ich aus dem Wasser kam.»
Ich sagte nichts. Jemand hatte mir eine große Decke gereicht, in die ich mich einwickelte.
«Mrs. Garton. Lady Harding. Es wäre besser, wenn Sie Ihre nassen Kleider ausziehen würden.»

«Nein.» Wie aus einem Munde.

Ärzte hassen es, sich nutzlos vorzukommen. Hassen es, sich einzugestehen, daß nichts mehr hilft. Wie Priester müssen sie ihre Macht unter Beweis stellen. Ganz besonders, wenn es zum Äußersten kommt. Aber sie haben, anders als die Priester, dem toten Körper nichts zu bieten. Gewiß nicht das, was der Priester zu bieten hat – eine neue, körperlose Existenz. Eine unsichtbare Gegenwart. Warum sollten die Toten hierbleiben wollen? Den anderen beim Weinen zusehen, ohne selbst miteinstimmen zu können? Schließlich ist es ihr Leben, das nun verloren ist. Keine Zukunft. Die Zeit ist für sie abgelaufen. Punkt. Kein neuer Satz. Keine neue Seite.

Das Leben der Jungen. Eine Kurzgeschichte. Ihre Zukunft: gestrichen. Keine Zukunft. «Niemals, niemals, niemals, niemals, niemals.» Fünfmal. Für mich schon immer eine magische Zahl. Und «Schlagt sie tot, tot, tot! Tot, tot!» Lear brauchte diese Zahl von Worten für sein Wüten. Beides natürlich miteinander verknüpft. Denn welche Trauer ist frei von Wut? Wut und nochmals Wut.

Und nun, die Hügelkante entlang, kamen dunkle Gestalten gerannt. Gummigepanzert. Für das Wasser. Die Köpfe umschlossen von helmartigen Gebilden, gegen die Tiefe.

Ich schwamm mit ihnen zu der Stelle, wo ich meinen Sohn zum letztenmal gesehen hatte. Als er mich verließ. Von einem anderen zu eng umschlungen. Wie Mütter alle diese anderen hassen, die ihre Kinder zu heftig umarmen. Sie wissen, wie wenig dazu gehört, das Leben aus ihnen herauszudrücken. So daß nur eine leere Hülle übrigbleibt.

Und diese Hülle seines Lebens, der Körper, den ich so geliebt hatte, kam schließlich doch an die Oberfläche. An den anderen geklammert. Die Beine der Jungen waren ineinander verschlungen. Wie Liebende im Schlaf. Reglos. Stephens Arme wanden sich um Williams Taille. Williams Gesicht bohrte sich gleichsam in Stephens Brust. Als sei es Teil von Stephens Körper. Stephens Kopf war zurückgeworfen. Ganz zum Schluß hatte er noch einmal nach Luft geschnappt. Bevor er William mit sich in die Tiefe gezogen hatte. Wie gut Stephen dieses Schnappen nach Luft sein Leben lang gekannt hatte.

Und plötzlich konnte auch mir nur dieses eine helfen. Kein Tränenstrom. Einfach nur ein jähes, krampfartiges Ringen um Luft. Der Beweis, daß ich lebte.

Tote Körper sind schwer. Die jungen Taucher versuchten, die Knaben auseinanderzuzerren.

«Nicht.»

«Nicht?»

«Nein.»

«Mrs. Garton . . .»

«Lassen Sie sie so. Trennen Sie sie nicht.»

«Aber . . .»

«Trennen Sie sie nicht.»

Die beiden Körper wurden auf der Uferböschung niedergelegt, als wäre es einer. Es schien ein und derselbe Tod, so sehr glichen sie der Skulptur eines einzigen, wohlgestalten Jünglings. Sein Kopf der von Stephen. Und die Beine von William.

Die Männer machten sich an die Arbeit. Zwei von ihnen lösten behutsam die Körper voneinander, während die anderen Sauerstoff in die unwilligen Lungen zwangen. Fremde, verbissen bemüht, dem Tod seine Beute zu entreißen.

Aber der Tod war geschickt zu Werke gegangen. Dank der Schwäche des einen und der Liebe des anderen hatte er sie nun beide in den Händen. Und die blasse Oktobersonne schien immer noch, verhüllte nicht trauernd ihr Haupt. Auch dann nicht, als der Triumph des Todes zuletzt bestätigt wurde.

Lexington wartete schon auf uns, als wir langsam auf das Haus zuschritten mit unseren toten Kindern. Den Jungen. Unseren Söhnen. Nun doch nicht Erben des Ost- oder des Westflügels. Womöglich frohlockte Lexington ja – darüber, daß es nun eines Tages endlich doch seine Ruhe haben würde.

Durch die Verandatüren kamen Charles und Dominick gestürzt. Meine Mutter stand reglos da, die Augen geschlossen.

«O mein Gott . . . O mein Gott.» Dominicks Stimme.

Er eilte nicht zu mir. Er wandte sich ab, krümmte sich würgend über die niedrige Hecke, die die Terrasse von der Rasenfläche trennte. Charles starrte auf die Bahre, zu deren beiden Seiten Elizabeth und ich gleich hinter den Trägern Wache standen. Einen Moment lang bedeckte er das Gesicht mit den Händen. Dann drehte er sich um und führte meine Mutter zur Seite, um den Weg freizumachen für die Männer mit ihrer schweren Last.

An der Vorderseite des Hauses nahm der wartende Krankenwagen seine Fracht in Empfang. Wir fuhren langsam mit den Autos hinterher. Noch nicht bereit für eine längere Trennung. Der junge Polizist blieb bei Ben, um seine Aussage aufzunehmen.

In dem kleinen Dorfkrankenhaus wurden uns Fragen gestellt – von einem rücksichtsvollen Wachtmeister, von einem noch rücksichtsvolleren Arzt. So, als könnte die Suche nach dem Wie uns eine Antwort auf das Warum geben.

Irgendwann später fuhren wir durch die Abenddämmerung nach Lexington zurück. Nach einem Lexington, das uns fremd geworden war. Es hatte uns hintergangen. Uns all diese Jahre hindurch in Sicherheit gewiegt. Eingesponnen in den weichen Kokon meines Hasses, hatte ich mich nie auch nur einen Augenblick lang bedroht gefühlt. Hatte ich Lexington entweiht? Nein. Nein! Elizabeths Sohn hatte den meinen getötet.

Ich trug keine Schuld. Nicht in dieser Sache. Eine andere Deutung lasse ich nicht gelten – kann ich nicht gelten lassen. Denn auf *dem* Weg liegt Wahnsinn.

26

Es hat wenig Sinn, die nächsten Tage beschreiben zu wollen. Wer es selbst durchgemacht hat, weiß Bescheid. Wer es nicht weiß, wird es nie verstehen.

Das große Begräbnis. Aus dem Internat kamen Jungen als Vertreter der Schülerschaft. Der Anblick ihrer drahtigen Beine brannte wie Feuer auf meiner Netzhaut. Mit ihren Gesichtern schütteten sie mir Essig in die Kehle. Und mit ihren süßen Stimmen Gift in die Ohren.

Ein Minister und andere Personen des öffentlichen Lebens sowie Leute aus der Kunstszene, der Verlagswelt und aus Universitätskreisen standen unbehaglich beieinander. Niemand wußte, was er sagen sollte. Denn dafür gab es keine Worte.

Lexington nahm sie alle auf und beeindruckte sie. Und speiste sie, nachdem wir die Jungen, getrennt jetzt, Seite an Seite in das Familiengrab auf dem Dorffriedhof gelegt hatten. Mein stilles Kind, William. Nun totenstill. Er hätte nie mein Kind sein dürfen. Er war zu gut für mich.

Zeichnete sich da ein Plan ab? Eine Vorsehung, die auf meine Vernichtung abzielte? Wenn es auch nur einen guten Menschen in meiner Familie gegeben hatte... hätte er nicht Fürsprache halten können für uns? Dann fiel es mir wieder ein. Ich glaubte ja nicht an Gott. Oder an ein Leben nach dem Tod. Und ich schöpfte Trost aus diesem Gedanken.

27

Wie alt und gezeichnet wir am nächsten Morgen aussahen! Aber uns war keine Atempause vergönnt. Hat der Tod erst einmal zugeschlagen, so gibt es kein Zurückfallen in den alten Trott. Der Tod triumphiert auf doppelte Weise. Er löscht das Leben aus und versetzt den Hinterbliebenen einen nicht minder vernichtenden Stoß. Welch eine Macht.

Jetzt benutzte er das schwächste Glied in der Kette, Dominick, um uns endgültig jede Illusion des Friedens zu nehmen. Nun, da die Harmonie auf ewig aus seinem Leben verschwunden war, wollte Dominick «geradeheraus» reden ... das erste Mal seit Jahren.

Geradeheraus, Dominick? Wie meinst du das? In einer Linie vielleicht? Aber eine Linie ist Teil von etwas. Von einem Rechteck? Nein, einem Dreieck. Oder doch nicht. Schließlich waren hier vier Menschen im Spiel.

«Wußtest du, Elizabeth ... daß Charles eine Affäre mit Ruth hatte?»

Sie saß so still, so vollkommen regungslos, daß ich dachte, sie hätte ihn nicht gehört.

«Elizabeth, ich rede mit dir. Wußtest du es?»

«Nein.»

«Was tust du da, Dominick?»

«Ich enthülle eine Wahrheit. Schließlich sind wir alle gerade mit der endgültigen Wahrheit konfrontiert worden. Dagegen nimmt sich das hier ziemlich jämmerlich aus.»

«Warum läßt du es dann nicht sein?»

«Weil ich ... weil ich es tun muß, Ruth. Ich muß es tun. Ich habe jetzt mehr Mut als früher.»

Mut? Großer Gott!

«Ich bin vor einer Weile darauf gekommen, daß es Charles sein mußte. Vor ... dieser Sache hatte ich das Gefühl, daß ich sterben würde ohne dich, Ruth. Aber da hatte ich noch keine Ahnung, was Schmerz ist. Vor drei Tagen hatte ich noch keine Ahnung von irgend etwas. Ich will nicht, daß das wenige, was jetzt noch bleibt, eine Lüge ist. Ich kann selbst kaum glauben, wie verzweifelt ich mir wünsche, daß wenigstens etwas in meinem Leben ... wahr sein soll.»

«Das, was Dominick dir gesagt hat, stimmt, Elizabeth.»

«Zumindest dafür bin ich dir dankbar, Charles.» Dann, zu Dominick gewandt: «Es ist erstaunlich, wie viele Menschen wir mit der Wahrheit zu Fall bringen.»

«Es tut mir leid. Ich kann nicht anders. Letztendlich versucht jeder, seine eigene Haut zu retten.»

«Nicht wirklich jeder, Dominick. William hat es nicht getan.» Ich sah ihn wieder vor mir, so wie ich ihn zuletzt gesehen hatte.

«Er hat etwas sehr Tapferes getan. Und dabei verloren», sagte Charles.

«Oh, ich würde alles darum geben, daß er nicht tapfer gewesen wäre. Ich würde alles darum geben, daß er sich selbst gerettet hätte.»

«Ich doch auch, Ruth. Ich doch auch. Stephen zu verlieren und zu wissen, daß sein Asthma Williams Tod verschuldet hat . . . ist die Hölle.» Elizabeth fing an zu weinen. Wir schwiegen alle.

Dann begann sie zu sprechen. Leise. «Alles hat sich völlig verändert. Alles ist zerbrochen, hier, in Lexington. In diesem Haus, in dem ich so still war. Mein ganzes Leben lang bin ich still gewesen. So still. Denn ich wußte, von klein auf schon, daß ich eigentlich nicht hierher gehörte. Ich war da . . . aufgrund eines Todes. Mein Erbteil war Trauer. Doch ich wurde geliebt. So geliebt. Aber dennoch hatte ich nie genug Selbstvertrauen . . . um . . . schwierig zu sein. Oder um Mißfallen zu erregen.

Und als Ruth geboren wurde, schien es sogar noch wichtiger. Je mehr sie sie selbst wurde – die ungestüme Ruth, die gefährliche, die geniale Ruth –, desto mehr hatte ich gut und still zu sein. Das war meine Rolle. Elizabeth – die Gute. Es ist zu einer Lebensform geworden, hat sich zur Gewohnheit verfestigt. Ich wüßte nicht, wie ich sonst leben sollte. Mir fehlt der Mut, das ist es.

Mir fehlt auch jetzt noch der Mut zu Dominicks Grausamkeit. Und ich habe nicht gelernt zu betrügen – wie du es getan hast, Charles. Und du, Ruth. Ich habe nicht die nötige ... Vitalität ... ja. Ich besitze nicht genug Vitalität, um es euch gleichzutun.»

«Ich liebe dich, Elizabeth. Bitte versteh doch, ich ... bitte.» Flehend ging Charles auf sie zu. Ich beobachtete ihn. In seinem Flehen.

Sag es ihm, Elizabeth. Sag ihm, wie ich über dich hergefallen bin. Sag's ihm.

«Charles ... liebster Charles. Nicht. Irgendein Gefühl sagt mir, daß wir nicht zusammenbleiben dürfen. Vielleicht bist du für Ruth bestimmt und nicht für mich. Ich hatte schon einmal die Vollkommenheit, mit Hubert. Wenn er länger gelebt hätte, wer weiß, vielleicht wäre sie getrübt worden. Aber ich glaube es nicht. Nein. Nein. Ich bin ganz sicher. Also will ich mich einfach mit dieser Erinnerung begnügen ... wenn ich darf. Darf ich, Ruth?»

«Was meinst du damit?»

«O Hubert, verzeih mir. Bitte verzeih mir.» Sie rief zu ihm. Nach all diesen Jahren.

«Hubert gehört ... Hubert hat dir gehört, dir ganz allein.»

«Das weiß ich, Ruth. Ich brauche deine Bestätigung nicht.»

«Hört auf mit diesem Unsinn. Elizabeth. Bitte, Elizabeth. Ich will das nicht.» Charles' Hände umklammerten die Tischkante. Als suchte er daran Halt.

«Charles. Ich will es auch nicht. Aber ich muß es tun.»

Wir alle sahen sie an. Und wir wußten, daß sie es wahrmachen würde. Denn letzten Endes birgt das Gutsein in seinen tiefsten Tiefen eine steinerne Härte. Was vielleicht auch der Grund ist, weshalb wir ihm lieber aus dem Wege gehen.

Später dann die Gerichtsverhandlung, Ermittlung im Falle Tod. Nutzlos. Denn der Tod begeht immer den perfekten Mord. Er ist noch nie überführt worden. Er kommt in so vielen Gestalten. Verkleidet als Krankheit. Als Unfall. Als Gewalt. Das Rollenverzeichnis ist endlos. Er ist grausam, komisch, makaber, wild, zärtlich. Er agiert hinter den Kulissen. Im vollen Rampenlicht. Er verbirgt sich. Schnellt dann urplötzlich aus seinem Versteck. Er ist pathetisch. Genial. Trivial. Aber immer, immer trägt er den Sieg davon.

Fakten. Eruiert durch Fragen. Und Antworten. Asthmaanfall: Stephen. Ein Nichtschwimmer: Ben. Ein Held: William. Der auf dem Rad losjagt, um Stephen zu retten. Den verzweifelt um sich schlagenden Stephen ... dem das Asthma die Luft raubt ... im Wasser draußen. William, ein Held, der gescheitert ist. Zweifacher Tod. Zu früh. Es waren Fragen dabei, die ich nicht hören wollte. Auf die ich Antwort gab, aber ohne wirklich etwas zu sagen.

Nach der Verhandlung ging sie.

Für Charles wurde ich zu Judas Ischarioth. Noch am selben Abend verließ auch er Lexington. Und ich zerriß meine Kleider.

Monate später kam er zurück. Wohl aus Schwäche. Elizabeth ließ sich nicht erweichen und blieb all seinen Bitten gegenüber unzugänglich. Sie war in einen abgelegenen Teil von Schottland gezogen, in ein Häuschen am Rande eines kleinen Dorfes. Um zu malen. Ich fand es lächerlich, daß ein so dürftiges Talent sie über Wasser halten konnte.

Ich nahm ihn dankbar wieder auf. Denn ich begriff, daß er mich liebte bis an die Grenze seiner Möglichkeiten. Es war nicht seine Schuld, daß ich darüber hinausgegangen war. Um mich dann allein zu finden. Ich wußte jetzt, daß mein Hunger nach ihm ... nicht nachließ. Und ich brauchte etwas, dem ich die Treue halten konnte. Das Verlangen war real genug. Es schien damals – wie auch heute noch – ausreichend.

28

Wir leben jetzt in Lexington. Wir haben die Atelierwohnung in London verkauft. Mein Heim mit Dominick. Und William.

Elizabeths Atelier ist vermietet. Für eine lächerlich geringe Summe. An eine junge Malerin, Beatrice – den Nachnamen habe ich vergessen –, die ... ein gewisses Etwas hat. Wir haben uns nur einmal gesehen. Alles Finanzielle läuft über einen Makler.

Charles hat Frimton seinem Sohn überlassen, der nach England zurückgekehrt ist. Ein verheirateter Mann. Mit einer jungen Familie. Zwei Söhnen. Ich fahre nie hin.

Ich bin meiner Mutter zuliebe wieder nach Lexington gezogen. Eine plötzliche Anwandlung von Nächstenliebe – oder sollte es Buße heißen? Elizabeth hatte sich für immer von ihr verabschiedet. Unfaßbar, diese Grausamkeit, die sie mit einemmal an den Tag legte. Aber meine Mutter läßt keinerlei Kritik an ihr zu und sagt immer nur: «Ich kann sie verstehen.» Das kann ich auch – auf eine

Art. Aber vom Verstehen bis zum Verzeihen ist es ein weiter Weg. Und ich habe ihn noch nicht einmal angetreten.

Eine Scheidung von Elizabeth steht nicht zur Debatte. Unwichtig, sagt Charles. Elizabeth sagt gar nichts. Meines Wissens jedenfalls. So leben wir also auf Lexington, dieser Mann und ich. Unsere Körper harmonieren. Bewegen sich im Einklang, immer noch – auf eine Weise, die vielleicht schon vor unserer Geburt so in uns angelegt worden ist. Danach wendet er sich von mir ab. Immer noch. In seiner Trauer. Und seiner Lust.

Gleichsam betäubt leben wir dahin. Die Oberfläche unseres Daseins ist zum Zerreißen gespannt. Aber daran haben wir uns inzwischen gewöhnt, und es quält uns weniger, als man annehmen könnte.

Wenn er mich – von Zeit zu Zeit – haßerfüllt ansieht, stecke ich den Hieb ein. Und wenn ihn meine Nacktheit verletzt, bedecke ich mich. Es gab eine Zeit, da war ich eine Göttin.

Mußte ich früher mühselig nach Anhaltspunkten suchen, die mir Aufschluß geben sollten über sie, habe ich jetzt Studienmaterial in Hülle und Fülle. Bilder. Briefe. Kleider. Parfüm. Seifen. Bücher.

Und ihren Mann.

Und immer noch ist sie mir fremd.

Wenn Charles fort ist – nicht mehr so oft wie früher –, setze ich mich in ihr Zimmer. Ich schaue in den Spiegel, und ich benutze ihre sparsamen Schönheitsmittel. Ich habe mir eine blonde Perücke gekauft. Metamorphose.

Manchmal sitze ich stundenlang so da, angetan mit ihren Kleidern, ihrer Schminke, ihrem Haar. Während ich in den Spiegel starre, denke ich zurück an eine Lehrerin aus meiner Schulzeit und ihre Warnung vor dem Teufel, der all denen entgegenblickt, die zu lange vor ihrem Bild verharren. Mir blickt kein Teufel entgegen. Aber würde ich ihn denn überhaupt erkennen? Elizabeth blickt mich auch nicht an, ganz gleich, wie täuschend ich ihr ähnle. Und Ruth sieht mich genausowenig an. Denn ich bin weder Ruth noch Elizabeth. Nur eine Reflexion. Teile von mir. Und Teile von ihr.

Ich hatte nie vorgehabt, Charles diese Chimäre vorzuführen. Ich hatte Angst, er würde das Grauen spüren, das sie verkörperte. Sie vielleicht sogar umbringen.

Aber wie Frankensteins Kreatur nahm das Wesen, das ich geschaffen hatte, ein Eigenleben an. Einmal, als ich Charles fort glaubte und mich aufmachte zu meinen lebenswichtigen täglichen Bußgängen um den See, einen für William, einen für Stephen, kam er und ... traf ... es.

Und stürzte sich schluchzend auf es.

Alles war anders. Die Bewegungen. Das Stöhnen. Der Rhythmus.

Hinterher hatte ich das Gefühl, sie besser zu kennen.

Als er schweigend zum Haus zurückging, ließ ich das goldene Haar und die Blue Jeans und die weiße Bluse am Ufer liegen. Und naß schon, bevor das Wasser mich auch nur genetzt hatte, schwamm ich durch die kalten Aprilwellen auf die andere Seite und wieder zurück.

Sicher, es zuckten Bilder auf. Bilder von einer Jünglingsstatue aus Fleisch und Blut. Aber damit war ich vertraut.

Es gibt immer noch Stunden, in denen ich triumphiere. In denen ich ein Wunder bin, eine Göttin der Sinne. In denen ich – Ruth – für ihn emporsteige und niedersinke, in den Kissen oder auf dem Boden.

Aber nicht mehr so oft. Ich empfinde keinen Groll.

Dominick? Nun, Dominick ist gegangen. Nicht ohne große Szene. Mit all dem Zorn und all der Bitterkeit, die seine erschöpfte Seele aufzubringen vermochte. Ich verüble es ihm nicht. Er ist nach Kalifornien gegangen, zurück an die Universität. Man machte viel Aufhebens um ihn. Für kurze Zeit schwelgte er in Promiskuität. Er schrieb mir – über diesen Aspekt seines neuen Lebens. Ich habe den Brief verbrannt. Für den Fall, daß er noch einmal ein Kind bekommt. In seinem neuen Leben.

Vor einiger Zeit hat er wieder geheiratet, die Inkarnation eines Klischees: groß, blond, blitzgescheit und fünfzehn Jahre jünger als er. Der Gedanke daran entlockt mir ab und zu ein Lächeln. Er wird angebetet, höre ich, wie er selbst einst angebetet hat. Eine perfekte Harmonie. Das langersehnte, endlich erreichte Gleichgewicht.

Zweifellos hat er eine Geschichte zu erzählen. Geschichten über mich. Und wer weiß? Vielleicht sind seine Geschichten ja die Wahrheit.

29

Ich bin eine vorzügliche Autofahrerin. Ich fahre schnell und mit großer Konzentration. Ich halte nichts von Wagen mit Automatik; ich bin der Ansicht, daß dabei ein grundlegender Rhythmus verlorengeht. Charles, der sich jetzt verstärkt seiner karitativen Tätigkeit widmete, mußte als Mitglied einer Kommission an einem einwöchigen EG-Hearing zum Thema Asylrecht teilnehmen.

Diese Woche wählte ich für meine Fahrt nach Schottland, zu Elizabeth. Ich mußte sie sehen. Die Erinnerung an sie verblaßte allmählich. Nach zwei Jahren. Meine eigene Verkleidung als Elizabeth befriedigte mich nicht mehr.

Es erschien mir unpassend, Charles nach ihrer Adresse zu fragen. Ich war sicher, daß er sie hatte. Nach ein paar Lügen bekam ich sie schließlich über die Galerie, die zunehmend mehr Erfolg mit ihren Gemälden hatte. Elizabeth wurde jetzt allseits ernster genommen. Die Tragödie war ihrem Ruf förderlich gewesen. Und das

Einsiedlerleben in Schottland tat ein übriges. Wie auch ihre konsequente Weigerung, Interviews zu geben. Das Werk allein macht noch keinen Künstler. Mindestens ebenso wichtig ist es, ein wahrhaft künstlermäßiges Dasein zu führen. Einsamkeit. Leiden. Und Armut. In dieser letzten Beziehung war und blieb Elizabeth für alle eine herbe Enttäuschung.

Ich nahm ihren Zorn in Kauf. Und den von Charles. Würde sie mich verraten? Mit etwas Glück war von der alten Elizabeth noch genügend übriggeblieben, daß ich davor keine Angst zu haben brauchte. Ich mußte hinfahren. Vielleicht würde ich ja nur einen Blick auf das Haus werfen. Mich verlangte verzweifelt nach einem konkreten Hintergrund, vor dem ich ihr gegenwärtiges Leben ablaufen lassen konnte. In meinen Gedanken, denn ich dachte täglich an sie. Vielleicht sogar stündlich. Eine alte Besessenheit.

Als ich ankam, dämmerte es bereits. Ihr Häuschen lag drei Meilen außerhalb eines kleinen Dorfes am Fuße eines eindrucksvollen Bergmassivs. Eine gigantische Arena für das Licht, das mit den dahinjagenden Wolken um die Wette zu laufen schien. Ein guter Platz für Elizabeth, die Malerin. Schön und augenfällig.

Ich vertraue auf die Macht der Überrumplung. Ich fuhr einfach unangemeldet vor dem Haus vor. Zu beiden Seiten der Holztür befanden sich niedrige Fenster. Ich klopfte. Nachdem ich ein paar Minuten dagestanden hatte, in dieser völligen Stille, versuchte ich, durch eines der Fenster zu spähen.

«Sie wünschen?»

Ich drehte mich um. Peinlich berührt. Ertappt beim ... Spannen? Was für ein häßliches Wort. Ein hochgewachsener junger Mann Anfang Zwanzig stand in der Tür.

«Ist Elizabeth da?»

«Wer sind Sie?»

«Ihre ... Schwester.» Schön gesagt, Ruth.

«Sie hat keine Schwester.»

«Ach, wirklich? Wer sind Sie denn?»

«Darauf brauche ich Ihnen nicht zu antworten.»

«Sehr charmant. Wo ist Elizabeth?»

«Nicht da.»

«Kommt sie bald zurück?» Ein Verhör, das einem Detektiv Ehre gemacht hätte. Ich wäre wahrscheinlich gar nicht schlecht gewesen in dem Beruf.

«Weiß ich nicht.»

«Jetzt hören Sie mir mal zu. Mir ist ja klar, daß ich äußerst bedrohlich auf Sie wirken muß. Ein fremdes weibliches Wesen von einsdreiundsiebzig, das sich so mir nichts, dir nichts vor Ihren muskelbepackten Einssechsundachtzig aufpflanzt. Es ist gut möglich, daß ich einen Raubüberfall vorhabe. Vielleicht sogar eine Vergewaltigung. Ich kann vollkommen verstehen, daß mein Auftauchen Sie mit Schrecken erfüllt. Aber ich bin Elizabeth Ashbridges Schwester. Mein Name ist Ruth Garton. Ich würde gerne hereinkommen und auf sie warten. Ich erwarte keine Bewirtung mit Tee oder Wein, und schon gar kein Willkommen von Ihnen. Darf ich?» Ich ging auf die Tür zu.

«Nein. Sie dürfen nicht.»

«Also noch einmal von vorne. How do you do?»

«How do you do?» Nach amerikanischem Brauch wiederholte er die Floskel einfach.

«Sie sind kein Engländer?»

«Nein.»

«Ihr Akzent ist aber nicht übel.»

«Vielen Dank.»

«Wo hat man Ihnen das breite Amerikanisch, das Sie ja wohl einmal gesprochen haben, denn so gut wegpoliert?»

«In London.»

«Wobei?»

«Beim Studieren.»

«Welches Fach?»

«Malerei.»

«Aha. An welchem College?»

«St. Martins.»

«Sieh an. Sehr beeindruckend. Soso. Dann sind Sie wohl ein begeisterter Anhänger von Elizabeths Kunst? Und hergekommen, um die Künstlerin anzubeten?»

«Ja und nein.»

«Nein? Dann fangen wir doch einmal mit dem Nein an.»

«Machen Sie das immer so? Daß Sie mit dem Nein anfangen?»

«Ja. Es spart Zeit.»

«Ich hatte noch nie von Elizabeth gehört. Ich war auf einer Wanderung, kam in dieses Tal und sah sie. Sie stand im Fluß, mit schenkelhohen Fischerstiefeln...» Er stockte einen Moment. «Aber doch, ich bewundere ihre Malerei. Allerdings nicht übermäßig.»

Nun, das ist ja immerhin etwas.

«Und das Ja?»

«Ich bete Elizabeth an.»

Er sagte es so unvermittelt, so liebenswert, daß ich einen Moment lang die Fassung verlor und meine Erwiderung nicht so scharf ausfiel wie geplant.

«Sie beten sie an?»

«Ja.»

Er lächelte langsam. Sinnlich. «Wie war Ihr Name gleich wieder?»

«Ruth.»

«Tja, Ruth, ich glaube, es wird langsam Zeit, daß Sie dahin zurückfahren, wo Sie hergekommen sind.»

«Warum?»

«Weil Sie so etwas an sich haben. Das merkt man sofort.»

«Was habe ich an mir?»

«Ach. Ich weiß nicht. Irgend etwas Störendes. Unbedeutend, aber trotzdem. Ich mag Ihre Art nicht. Es gefällt mir nicht, wie Sie reden.»

«Dann hat Elizabeth also doch von mir gesprochen? Über meine Art?»

«Elizabeth hat Sie nie erwähnt. Ich nehme es nur einfach wahr.»

«Mit welchem Sinn?»

«Was?»

«Mit welchem Sinn Sie es wahrnehmen. Hörsinn? Geruchssinn? Der Tastsinn kann es ja schlecht sein.»

«Du änderst dich nie, oder, Ruth?»

Ihre Stimme schien die Worte einzubrennen in die Haut meines Rückens. Ich wandte mich um, um sie anzusehen. Meine Züge waren wie zu Eis erstarrt.

Oh, ich verändere mich, Elizabeth. Ununterbrochen. Manchmal, Elizabeth, manchmal bin ich du. Aber ich verliere dich aus den Augen. Und ich muß dich wieder studieren können.

Und ich studierte sie. Sie war nach wie vor unverkennbar sie selbst. Ihr Körper immer noch dünn und groß. Cremefarbener Pullover über einem weißen Hemd. Jeans. Schwere Gummistiefel anstelle der weichen Halbschuhe. Mitgenommen, verwittert beinahe, aber nach wie vor sie selbst.

«Nun, Daniel. Du hast dich gut geschlagen ... aber Ruth ist einfach ...»

Ich wartete auf ein Wort, das mir Aufschluß geben würde über mich. Ein Wort aus ihrem Mund.

«Ich habe irgendwie mit dir gerechnet. Ich nehme an, du mußt das hier tun.»

«Ja, das muß ich wohl.»

«Also gut. Komm herein. Sieh dich satt.»

«Elizabeth! Jetzt hast du ja fast geklungen wie ich. Fast, als würdest du spotten.»

Sie schüttelte ungläubig den Kopf.

Ich trat ein. Es war ein langgestreckter, schmaler weißer Raum. Großer offener Kamin, gemauert. Natürlich Holzscheite. Ein klobiger hölzerner Tisch, nicht ganz in der Mitte. Graue Lehnstühle, willkürlich verteilt, mit paisleygemusterten Tüchern behangen. Alles so, wie ich es erwartet hatte. An der gesamten Rückseite des Hauses entlang zog sich eine Art Veranda mit Glasdach, einer steinernen Außenwand und einer schweren Tür. Ein Atelier wohl. Für sie.

Ich sah mich satt.

«Könnte ich vielleicht einen Schluck Wein haben?»

Elizabeth seufzte.

«Rot?»

Der Junge – wie hieß er gleich? Daniel . . . ja – Daniel holte eine Flasche aus dem Schrank und schenkte uns allen ein Glas Burgunder ein. Wenigstens kein Kostverächter.

Hör auf damit, Ruth. Ich habe die Vision von William als dem jungen Mann, der er nie werden durfte, in mir abgetötet. Hör auf damit.

«Elizabeth, hast du wirklich nie von mir gesprochen?»

«Nein.»

«Dann weiß er nichts?»

«Gar nichts.»

«Wie außerordentlich seltsam. Aber natürlich ist dies alles außerordentlich seltsam.»

«Ja, das ist es. Daniel, Ruth ist dabei, dich . . . zu vereinnahmen. Paß auf.»

Hatte sie eine Art Unschuld eingebüßt? Vielleicht sollten gute Menschen immer auf der Hut sein. Vor einem Übermaß an Unschuld.

Er lächelte.

«Nun, warum sind Sie gekommen?» fragte er.

«Um Elizabeth zu besuchen. Das ist alles.»

«Ruth und mich verbinden gemeinsame Geister», erklärte Elizabeth. «Und ein gemeinsames Wissen. Ein Wissen, das kein anderer Mensch jemals begreifen könnte. Nicht einmal ich begreife es ganz. Selbst nach ...»

«Es sind sehr starke Bande, Daniel. Ich hoffe, Sie erfahren es nie am eigenen Leib.»

«Könnt ihr sie nicht überwinden? Die Geister?»

«O nein. Sie haben uns überwunden. Wir sind wie verwundete Soldaten. Auf einem Schlachtfeld, das sie geräumt haben.»

«Geräumt? Sie sind freiwillig gegangen?»

«Das werden wir nie wissen. Letzte Augenblicke. Was geht wohl vor im Inneren eines Menschen in diesen letzten Augenblicken? Möchten Sie sonst noch irgend etwas wissen?» Ich wandte mich an Daniel.

«Nein.»

«Weshalb so zurückhaltend?»

«Weshalb nicht? Es ist eine Gewohnheit von mir.»

«Sie sind noch sehr jung für eine derartige ... Diszipliniertheit.»

«Es hat nichts mit Disziplin zu tun.»

«Womit dann?»

«Liebe.»

Ich sah weg. Elizabeth setzte sich hin, in einen großen Lehnstuhl nahe dem Licht. Sie legte den Kopf nach hinten und begann leise zu sprechen. «Weißt du, Ruth, es ist sinnlos, dich zu bekämpfen. Also habe ich früh beschlossen, dich statt dessen zu licbcn, kannst du das verstehen?»

«Nein. Du hast es beschlossen?»

«Ja. Ich habe nicht von Anfang an für dich Liebe empfunden. Ich habe dir das schon einmal gesagt. Aber ich glaube, mir wurde schon als kleines Kind klar, daß es gefährlich sein könnte, gegen dich zu kämpfen. Daß es deine Wut vielleicht noch schlimmer machen würde.»

«Meine Wut?»

«Ja. Du warst voll von versteckter Feindseligkeit. Gegen mich.»

«Du hast nie etwas darüber gesagt.»

«Was hätte ich sagen sollen? Ich hoffte, wenn ich nur ruhig und behutsam wäre, dann würde es im Lauf der Zeit ... Ich versuchte, von dir loszukommen. Aber du warst immer da, am Rande ... im Hintergrund.»

«Ich dachte immer, du würdest es nicht bemerken.»

«Da hast du dich getäuscht. Es schien nur nichts auszumachen. Dann ... mit Hubert. Nun, beinahe hätten wir zusammen in Frankreich ein Leben aufgebaut ... Aber das ist ein Leben, das ich nie leben durfte. Manchmal tue ich es, weißt du ... in meinen Träumen. Ein Leben parallel zu diesem. Im Traum. So wie ich auch von den Jungen träume. Immer noch.»

«Ja. Das ist eine Traumwelt, die auch ich kenne.»

Ich sah Daniel an, der ganz ruhig dasaß, Elizabeth gegenüber.

«Elizabeth. Du hast dich gar nicht nach Charles erkundigt.»

«Wer ist Charles?» fragte Daniel Elizabeth.

«Mein Mann», erwiderte sie.

«Ah ja.»

«Er lebt jetzt mit Ruth zusammen.» Sie brach ab.

«Ist das ... der Mann? Der hierherkommt?»

Sie legte sich die Hand auf den Mund, so als hätte sie die schmerzhafte Frage ausgesprochen.

«Charles kommt hierher? Kommt Charles hierher? Ich muß es wissen.»

«So, mußt du das? Das ist so typisch für dich, Ruth ... dieses ‹muß›. Und du bist auch noch überzeugt, daß ich antworten werde. Warum eigentlich?»

«Weil du ... weil du Elizabeth bist.»

«Ja. Und weil du immer ein ganz bestimmtes Verhalten von mir erwartest. Ich habe geliebäugelt mit ... mit deiner Art. Aber ich kann nicht aus meiner Haut.»

Wieder einmal spürte ich ihre Kraft. Begriff, warum sie nie aufhören würde, im Leben anderer herumzuspuken. Und warum es so schwer war, sie zu verlieren.

«Charles besucht mich einmal im Jahr. Das geht niemanden sonst etwas an.»

Daniel stand auf und ging zu Elizabeth hinüber.

«Ich wußte nicht, daß er dein Mann ist.»

«Sie haben ihn kennengelernt?» Verblüfft sah ich ihn an.

«Nein. Ich habe ihn nur einmal gesehen. Durch das Fenster. Ich kam ... früher als ausgemacht. Ich hatte

Elizabeth versprochen, daß ich sie miteinander allein lassen würde. Ich wußte nicht, wer er war.»

«Was haben Sie gesehen.»

«Einen Mann, der vor einer Frau auf den Knien lag.»

Wie einst mein Vater vor ihr gekniet hatte.

«Sie streichelte seinen Kopf. Und drückte ihn an ihren Bauch. So blieben sie sitzen... ungefähr eine halbe Stunde lang. Dann ging er.»

Ich hatte es gewußt. Natürlich hatte ich es gewußt. Aber ich hatte die Augen davor verschlossen.

«Hat Charles über mich gesprochen? Mit dir?»

«Nicht wirklich. Aber ich weiß Bescheid. Ich... ich weiß, daß er sehr... sehr tief empfindet.»

«Wie kannst du das wissen?»

«Ich weiß es eben.»

«Warum hast du ihn verlassen?»

Schweigen.

«Warum hast du ihn an mich abgetreten?»

Schweigen.

«Weil er... dir gehört, Ruth. Und ich hatte meinen Anteil schon bekommen.»

«Wie meinst du das?»

«Hubert. Hubert war treu. Mir und seinem Versprechen. Charles hat es versucht. Aber er... er hat versagt. Ich glaube, in dieser Beziehung bin ich sehr hart.»

«Und Daniel?»

«Daniel und ich haben uns nichts versprochen.»

«Ich würde dir alles versprechen. Und es halten. Wenn du mich nur lassen würdest.»

«Aber das werde ich nicht, Daniel.»

Er sah mich an, als versuche er meine Gedanken zu lesen.

«Sie denken an das Körperliche, nicht wahr, Ruth? Ich bin jung, und Elizabeth nicht. Sie denken an Mädchenkörper. Und warum ich nicht bei ihnen bin. Sie denken an die Körper, Ruth.»

«Ich bin nicht ganz so banal, wie Sie es sich offenbar einbilden.»

«Vielleicht. Nun, ich will Ihnen sagen, wie das ist mit den Körpern. Wie ich es erlebt habe. Ich komme aus Kalifornien. Das erste Mal ‹erwischte› es mich, als ich fünfzehn war. Sie war eine Schönheit. Groß und schlank, mit langen blonden Haaren. Ihre Taille verjüngte sich nach unten. Sie verjüngte sich zu einer Art Kelch – zartknochige Hüften und Haut, die sich straff über ihren Bauch spannte, und schimmernd blondes Schamhaar. Ich huldigte ihrem Körper Tag für Tag. Ich malte sie. Sie war mein erstes Modell. Ich wußte ... ich wußte ganz genau, daß sich meine Gefühle für sie niemals ändern würden. Aber dann lernte ich Oona kennen.

Oona hatte kurzes, dickes schwarzes Haar. Sie war nicht groß. Ihre Brüste waren völlig überproportioniert, verglichen mit dem Rest ihres Körpers. Ich konnte an nichts anderes denken. Bis Catherine kam.»

Er fuhr sich durchs Haar. Und lächelte uns an. Er war eben ... jung.

«Catherine war eine Athletin. Halbfranzösin. Braunäugig, schwarzhaarig, und ihr Körper war genau, wie er sein sollte. Es schien einfach alles perfekt zusammenzupassen. Nichts tanzte aus der Reihe. Sie lachte sehr viel. Mehr weiß ich nicht mehr von ihr. Aber an ihren Körper erinnere ich mich . . . haargenau. Seit ich fünfzehn war, habe ich jede Menge Körper gehabt . . . Mädchenkörper. Über Körper weiß ich Bescheid. Körper-Sex. Ein enormer Rausch unbändiger Lust.»

«Und dann?»

«Dann kommt die Gier.»

«Wonach?»

«Nach mehr. Wenn man einmal so weit ist, reichen Körper nicht mehr aus. Man will andere Spiele. Machtspiele. Abfuhren. Fingierte Eifersucht. Irgendwann brauchen auch Heranwachsende ein Aphrodisiakum.»

Ich hatte langsam genug. Charles in Demutshaltung vor ihr – das Bild quälte mich.

«Ganz gleich, was Daniel sagt, irgendwann wird er dich verlassen.»

«Ist es das, wonach du dich sehnst, Ruth? Ein weiterer Verlust für mich? Womit wirst du dich zufriedengeben? Mit meinem Tod vielleicht?»

Vielleicht.

«Du bist wie ein Kind, Ruth. Was du nicht haben kannst, das mußt du kaputtmachen. Diese Vernichtungssucht hat alles zerstört, was du hattest – und noch hast. Du wirst dir auch dein Leben mit Charles zerstören. Weil du es nicht ertragen kannst, daß er mich auch nur das kleinste bißchen braucht. Du willst auch das noch an dich reißen.»

Sie sah mich an, liebevoll und mitleidig. Und aus ihrem Blick leuchtete die unverbesserliche, halsstarrige Güte.

Mein alter Haß auf sie schnellte mir in den Mund wie ein wildes Tier. Und ich wollte sie versengen mit meinen Tränen. Noch einmal. Und sie um Hubert weinen sehen. Noch einmal. Und ihre Trauer beim Abschied von Charles miterleben. Noch einmal. Sie zerfleischen lassen durch die Bestie in mir, zur Strafe für die Pein, die in mir brennen würde bis an mein Lebensende – die Erinnerung an jenen Tag, an dem ihr Kind mein Kind ertränkt hatte.

Wenn ich dich umbringen könnte, Elizabeth, ich würde es tun. Ich würde es tun. Wenn ich mich nur entscheiden könnte, auf welche Weise. Wenn ich dich erwürgen könnte, ich würde es tun. Wenn ich dir ein Messer in den Leib stoßen könnte, ich würde es tun. Wenn ich dich erschießen könnte, würde ich dir eine Kugel zwischen die Augen jagen. Und ich würde dich ansehen, und ich würde frei sein. Endlich.

Auf einmal geschah etwas Grauenvolles mit meinem Körper. Laute gellten durch meinen Kopf, eine Art Kreischen, so durchdringend und hoch, daß ich die Worte nicht hören konnte, die ihr Mund formte. Ein roter Nebel schob sich vor Daniels Gesicht, das schreckerfüllt dicht vor meinem zu schweben schien. Und mein ganzer Mund war voll ... von Gift ... von irgend etwas Giftigem ... Schreiend rannte ich durch den Korridor meines Inneren. Auf der Suche nach einer letzten Tür ins Freie. Irgendeine fremde Macht beutelte meinen Körper. Meine Knochen zerrannen. Flüssigkeit ergoß sich auf den Boden. Elizabeth und Daniel versuchten vergeblich, sie aufzufangen. Ich wurde in Stücke gerissen. Ich war meine eigene Fehlgeburt. Das Rot verwandelte sich in Schwarz. Und Stephen und William ertranken erneut. Ertranken ein zweites Mal. O diese Grausamkeit. Daß sie das Wasser ein zweites Mal schlucken mußten. O meine Jungen. Beide Jungen. «Nicht noch einmal!» schrien sie. «Nicht noch einmal.» Ertranken sie in meinem flüssigen Körper? Gab es ein Gefäß, das mich aufnehmen konnte, mich zusammenhalten? Worte, noch mehr Worte formten sich und übertönten die Schreie in meinem Kopf. Ich kann sie nicht, ich werde sie nicht aussprechen. «Ich trage keine Schuld.» Das sind die einzigen Worte, die ich zu sagen bereit bin.

Mehr Worte, immer noch mehr Worte kämpften sich an die Oberfläche. Bring sie zum Schweigen, Ruth. In panischer Angst spie ich ihr mein Gift ins Gesicht. Ich hob den Arm, meinen nicht länger flüssigen Arm, um sie damit zu schlagen. Ich brauchte eine Waffe. Ich nahm ein Messer vom Tisch. Ich sah ihre Augen … und den ganzen Schmerz darin. Die ganze Liebe. Die ganze Güte. Und richtete die Klinge auf mich selbst. Natürlich. Endlich auf mich selbst.

Plötzlich war der Junge hinter mir. Er entwaffnete mich. Fesselte mich mit seinen Armen. Wir taumelten durch das Zimmer, ungelenk, obszön, während er versuchte, die Oberhand zu gewinnen. Zuletzt zwang er mich unter sich, so daß ich mich nicht mehr rühren konnte. Und ich kam endlich zur Ruhe.

Er – dieser Junge – hielt meinen Wahnsinn in Schach. Die Hitze seines Unterleibs drückte gegen meinen Bauch. Mit der ganzen Länge seiner Beine preßte er die meinen nach unten. Seine Arme ketteten meine am Boden fest, bändigten sie. Seine Hände streichelten mein Gesicht, und er flüsterte: «Ist ja gut. Komm, komm, ist ja gut. Ist ja alles gut.»

Kleine Worte. Nichtige Worte. Konnten sie für mich die Absolution bedeuten? «Ist ja gut. Ist ja alles gut.» Solche kleinen Worte.

Und fast lächelte er mich an. Ihr Sohn-Liebhaber.

Dann gab er mich langsam frei. Beine. Arme. Seine Hände glitten von meinem Gesicht. Und ganz zuletzt rollte er sich von meiner Brust, meinem Unterleib. In der Gewißheit, die Bestie gezähmt zu haben. Meine Kleider waren besudelt mit Erbrochenem. Mit Urin. Ich blickte Daniel und Elizabeth an. Sie zeigten keinerlei Ekel.

Sie führten mich ins Bad. Gemeinsam halfen sie mir in die Wanne. Meine Nacktheit spielte keine Rolle. Ich kletterte in ihr Bett. Sie nahmen mich in die Mitte, bis ich eingeschlafen war.

Als ich aufwachte, war es später Vormittag. Eine kleine Standuhr zeigte halb zwölf an. Die Tür öffnete sich, und Elizabeth kam herein und brachte mir Tee und Toast und Honig. Sie saß schweigend neben mir, während ich aß. Ein liebevolles Schweigen. Das ich spüren konnte. Vor dem ich nicht zurückschreckte. Sie gab mir Kleider von sich. Gott, was für eine Ironie. Meine hatte sie in eine kleine Tasche gepackt. Ich zog mir ihre Jeans an, die ich hochkrempeln mußte, und ihren dicken Pullover, der mir fast bis zu den Knien reichte. In Elizabeths Kleider gesteckt, von Elizabeth selbst.

Seltsam unbeteiligt erlebte ich irgendwann später meinen Aufbruch mit, die Trennung von ihnen. Wir alle wußten, daß ich dazu bereit war. Und daß es Zeit für mich wurde.

Im Rückspiegel sah ich, wie sie sich umwandten und zum Haus zurückgingen. Ein großer junger Mann und eine langgliedrige Frau. Von hinten ließ sich unmöglich erkennen, wie alt sie war.

Und ich wußte, sie hatten mir das Leben gerettet.

30

Ich erzählte Charles nie etwas von meinem Besuch. Kein Wort. Obwohl er mich manchmal ansah und sagte: «Du hast dich verändert, Ruth. Du wirkst ein bißchen ruhiger.» Und das war ich auch. Ein bißchen.

Elizabeth gab dem Jungen kurze Zeit später den Laufpaß.

Woher ich das weiß?

Er kam nach Lexington. Schweigend. Bleich. Nein, weiß. Ich öffnete ihm die Tür. Er schüttelte nur den Kopf. Langsam. Immer wieder. Sein Schmerz machte mich zornig. Ich war noch immer nicht die, die ich sein sollte. Die Jahre meines Grolls ließen sich nicht so einfach ungeschehen machen. Ich rührte keinen Finger, um ihm zu helfen. Mir schien, daß ich es nicht wert war, ihm zu helfen.

Das ist eine Lüge.

Ich hatte Angst, daß Charles ihn sehen würde. Oh, daß ich mich nicht schämte! Mein Gesicht verzerrte sich.

Ich spürte, wie die Muskeln sich zusammenzogen, um ihn abzuweisen.

Um die Wucht seines Schmerzes auf ihn zurückprallen zu lassen. Um ihn damit zu zermalmen. Er steckte den Schlag ein. Er neigte den Kopf. Dann drehte er sich um und ging.

«Wer ist denn da?» rief Charles.

Als er die Tür erreicht hatte, war der Junge verschwunden.

«Niemand», sagte ich.

Ich habe nie wieder von ihm gehört.

31

All dies liegt nun schon mehrere Jahre zurück. Wie lange genau ist unwichtig, tut nichts zur Sache.

Sie ist jetzt tot.

Sie starb an Krebs. Ich erhielt einen Anruf von dem Arzt in Schottland. Offenbar hatte sie mich als ihre nächste Angehörige angegeben.

«Mrs. Garton?»

«Ja.»

«Hier spricht Dr. Mackintosh.»

«Ja.»

«Ich fürchte, ich habe Ihnen eine ... traurige Mitteilung zu machen ... über Elizabeth Ashbridge.»

«Ist sie tot?»

«Ja. Es tut mir sehr leid.»

«Was war es?»

«Krebs. Es ging sehr schnell. Brustkrebs. Fing in der linken Brust an. Sie ist leider zu spät zum Arzt gegangen. Sie war eine außergewöhnliche Frau.»

«Ja, ich weiß.»

«Als ich ihr sagte, daß sie Krebs hatte, sagte sie: ‹Wie seltsam, daß er nicht im Herzen wächst.› Das vergesse ich nie. ‹Wie seltsam, daß er nicht im Herzen wächst.› Wissen Sie, sie sagte, es sei der Kummer.»

«Vielleicht war es das», sagte ich.

«Sie sagte, Sie seien ihre nächste Angehörige. Sind Sie ihre Schwester?»

«Sozusagen.»

«Ich weiß nicht, was ich Ihnen noch sagen soll. Können Sie ...?»

«Ja. Geben Sie mir doch kurz Ihre Adresse. Und die des Krankenhauses. Wir ... äh ... Charles und ich kümmern uns um alles. Wir sind noch heute abend bei Ihnen.»

«Ich freue mich darauf, Sie kennenzulernen. Ich habe ein paar ... Anweisungen ... die Mrs. Ashbridge Ihnen zukommen lassen wollte. Ich glaube, sie betreffen das Begräbnis. Nicht daß Sie denken, sie hätte mich den Brief lesen lassen.»

«Ich verstehe. Natürlich werden wir alles so machen, wie Elizabeth es wollte.»

«Ja. Natürlich.»

«Ich muß es meiner Mutter sagen. Ihrer Mutter. Ich bin Ihnen wirklich sehr verbunden. Vielen Dank.»

Ich legte auf.

Ich hatte meine lebenslange ... Gefährtin ... verloren. Sie war über Nacht gestorben. Während ich neben Charles gelegen hatte. Wir hatten nichts gespürt. Wir hatten ihren Tod einfach verschlafen. Werde ich Charles' Tod verschlafen? Oder er meinen? Und danach noch ein Auge zutun können? Ich habe Schlaf gefunden seit dem Tod der Jungen.

Charles war im Garten. Ich ging zu ihm hinaus und blieb einen Moment lang hinter ihm stehen. Schweigend. Dann sprach ich die Worte. Er drehte sich zu mir um. Keine Tränen. Nichts.

«Sie ist schon vor sehr, sehr langer Zeit von mir gegangen, Ruth. Seitdem weiß ich, wie... bitter das Leben sein kann.»

«Wir sollten hinfahren, finde ich. Zusammen. Um sie heimzuholen.»

«Ja.»

«Wen gibt es sonst noch... der benachrichtigt werden muß?»

«Mutter. Und die Familie Baathus.»

«Ja. Ja, natürlich.»

Ob sie sich überhaupt noch richtig an sie erinnern konnten? An die Frau ihres Sohnes? Die ihn überlebt hatte. Bis jetzt.

«Ja. Ich rufe sie an.»

«Gut. Dann fahren wir also, zusammen.»

Und so fuhren wir hin.

Wir holten sie nicht nach Hause. Wir begruben sie auf dem Dorffriedhof in Schottland. Ihren Anweisungen entsprechend.

Der Brief, den sie uns hinterlassen hatte, war kurz. Mehr eine Notiz.

«Nicht neben den Jungen. Du verstehst warum, das weiß ich. Hier. Ein schlichtes Kreuz mit meinem Namen darauf. Nichts weiter.»

Wir befolgten ihre Anordnungen. Fast. Wir schrieben «Elizabeth Ashbridge. Malerin» auf den Grabstein. Ein weißes Marmorkreuz.

Die Testamentseröffnung nahm nicht viel Zeit in Anspruch. Sie hatte alles mir vermacht. In den Zeitungen erschien eine Handvoll Nachrufe auf sie. Kurze, nicht besonders aufschlußreiche. Niemand hatte sie wirklich gekannt.

Charles und ich streichen jetzt ruhig die Jahre ab, die uns noch bleiben. Wir zählen Todestage, wo wir früher Geburtstage begangen haben.

Und wenn sie nie meinen Weg gekreuzt hätte, wäre ich dann gut gewesen?

Denn letzten Endes ist das das einzige, was zählt.

Wir sind auf der Erde, um durch unser Tun das Gute in der Welt zu mehren. Um zu beweisen, daß es wirklich existiert. Und so vergeblich jeder einzelne Akt der Tapferkeit oder Großherzigkeit, der Aufopferung oder der Gnade auch sein mag – er beweist doch, daß das Gute existiert. Jede gute Tat vermehrt den Vorrat. Und das tut not. Nicht nur, weil das Böse reiche Blüten treibt und, so gänzlich unentschuldbar, Rechtfertigung erfährt. Sondern weil das Gute kein achtbares Lebensziel mehr darstellt. Der Höllenhund mit Namen Neid hat es von seinem rechtmäßigen Platz verjagt.

Wir beide, Charles und ich, die wir einst verbunden waren durch das machtvolle Band der Sünde, treiben nun auf einem Meer der Trauer aufeinander zu. Über die Gesichter der Jungen hin, die aufsteigen und versinken, in ihr wäßriges Grab hinab, immer wieder.

Und während wir uns aufeinander zubewegen, steigt auch Elizabeths Gesicht auf aus der Tiefe. Immer wieder.

Und wenn sie nie meinen Weg gekreuzt hätte? Was dann? Hat sie mich geschaffen. Oder ich sie? Habe ich sie geträumt? Bin ich Elizabeth? Jetzt?

Diese Fragen lassen mir keine Ruhe. Weiß irgend jemand die Antwort darauf? Bitte, antwortet mir.

Antwortet mir, nun, da ich fortgehe von euch.

Da ich fortgehe.

Fort.